明月此时无云陪伴,

孤零零地挂在一片空旷里,

就好像月光已经吸走了云朵的沉重,

留下一条干净无人的人行道、

一个狂欢的舞池。

The Years

岁月 (上)

[英] 弗吉尼亚·伍尔夫——著

莫昕——译

华中科技大学出版社
http://www.hustp.com
中国·武汉

图书在版编目（CIP）数据

岁月：上下 /（英）弗吉尼亚·伍尔夫著；莫昕译. -- 武汉：华中科技大学出版社，2020.10（2023.2 重印）
（伍尔夫作品集）
ISBN 978-7-5680-6553-5

Ⅰ.①岁… Ⅱ.①弗…②莫… Ⅲ.①长篇小说—英国—现代 Ⅳ.① I561.45

中国版本图书馆 CIP 数据核字 (2020) 第 156433 号

岁月：上下 [英]弗吉尼亚·伍尔夫 著
Suiyue:Shangxia 莫昕 译

策划编辑：刘晓成
责任编辑：田金麟
营销编辑：李升炜 邱鉴泓 倪梦 燕卉雯
责任校对：曾 婷
责任监印：朱 玢
装帧设计：璞茜设计

出版发行：华中科技大学出版社（中国·武汉）	电话：（027）81321913
武汉市东湖新技术开发区华工科技园	邮编：430223

印　　刷：武汉精一佳印刷有限公司
开　　本：880mm × 1230mm　1/32
印　　张：19.625
字　　数：317 千字
版　　次：2023 年 2 月第 1 版第 3 次印刷
定　　价：69.80 元（全 2 册）

本书若有印装质量问题，请向出版社营销中心调换
全国免费服务热线：400-6679-118 竭诚为您服务
版权所有 侵权必究

目 录
CONTENTS

- 001　1880 年
- 119　1891 年
- 175　1907 年
- 199　1908 年
- 221　1910 年

1880 年

这是一个阴晴难测的春天。天气永远在变，蓝色、紫色的云在大地上方飘移。乡村里，农民们望着田地，忧虑不安；在伦敦，人们抬头望着天空，雨伞开了又关。不过四月的天气本就如此。怀特莱斯商场和海陆军商店里，成千上万的店员们一边说着这句话，一边把捆扎整齐的包裹递到柜台另一边身穿荷叶边连衣裙的女士们手里。伦敦西区前不见头的顾客们，到东区市中心后不见尾的商人们排着长队，在人行道上整齐地行进着，就像源源不断的大篷车队——至少在那些想停下来寄封信，或是看一眼皮卡迪利大街上的俱乐部橱窗的人们看来就是如此。四轮马车、四轮轻便马车、二轮出租马车，车流不止不歇，因为社交季才刚刚开始。在安静些的街道上，街头乐手们不时吹起音笛，有气无力的，大多是忧郁的调子。从海德公园的树丛，从圣詹姆斯公园，传来麻雀的唧唧喳喳声，还有画眉鸟一阵阵突如其来的求爱曲,断断续续的,与乐曲声两相呼应,或可谓是滑稽模仿。广场上的鸽子在树梢上蹿动,震落了一两根断枝,一边咕咕唱着摇篮曲,一次次被打断,又一次次从头来过。到了下午,在大理石拱门和阿普斯利宅邸,身着五颜六色、带着裙撑的长裙的女士们,和穿长礼服、持手杖、别着康乃馨的先生们,把大门口挤得水泄不通。公主[1]来了,她经过时众人举帽致敬。在住宅区长长的林荫道上,戴帽穿着围裙的年轻女仆们正在地下室里备茶。从地下室经弯弯曲曲的楼梯上楼,银茶壶被放到了桌上;年轻姑娘们、老姑娘们,一双双给伯蒙德赛区和霍克斯顿区的那些疮疹止过血的手,这时小心翼翼地量出一勺、两勺、三勺、四勺茶叶。太阳落山时,上百万盏小煤气灯,形状就像孔雀羽毛上的眼睛,在玻璃罩子里绽放,然而人行道上还是留下了一片片连绵的黑暗。灯光和落日的余晖,同样地映照在圆池塘和九曲湖[2]平静的水面上。外出就餐的人

---

[1] 丹麦亚历山德拉公主,英国国王爱德华七世的王后。
[2] 圆池塘和九曲湖都是海德公园的景点。

们,坐在轻便出租马车上缓缓地驶过大桥,可以趁机欣赏一番迷人的远景。月亮终于升起,光亮如钱币,虽偶尔因被一缕缕薄云遮掩而变得模糊,却熠熠生辉,散发着宁静、庄严,又或许可谓是全然的淡漠。一天又一天,一周又一周,一年又一年,岁月就像探照灯的光线,在空中缓缓旋绕,斗转星移。

俱乐部的午宴过后,艾贝尔·帕吉特上校正坐着闲聊。坐在皮质扶手椅里的同伴与他都是同一类的男人,当过兵,当过公务员,如今退了休,又重提起过去在印度、非洲、埃及的笑谈和旧事。随后自然而然地,话题转到了当前。说的是某个职位的任命,某个可能的任命。

三人中年纪最轻、穿着最整齐的那位先生突然凑上前去。昨天的午餐他是和……说到这,声音低了下去,另两人也朝他凑了过去。艾贝尔上校轻轻一挥手,示意正撤走咖啡杯的仆人退下。三个花白微秃的脑袋凑在一处说了好几分钟。然后艾贝尔上校坐回了椅子。埃尔金少校开始讲故事时,所有人都看到那好奇的光芒已经从帕吉特上校的脸上完全消失了。他坐在那儿,亮闪闪的蓝眼睛直瞪着前方,眼睛微眯,似乎东方的光芒仍然在他的眼中闪烁;眼角皱起,似乎里面还沾着灰尘。他心里冒起了什么念头,令他对另外两个人说的话毫无兴趣;事实上,简直就是惹到了他。他站起身,看向窗外楼下的皮卡迪利大街。雪茄夹在指间,他看着下面的公共马车、二轮出租马车、四轮轻便马车、货车和四轮大马车的车顶。他这副样子仿佛在说,他完完全全与此无关,他再也不愿插手此事。他站着凝望的时候,英俊的红脸膛上满是阴郁。突然他有了个念头,他想问个问题。于是他转身发问,但伙伴们已经走了。这个小团体解散了。埃尔金正疾步走出门口,布兰德也离开和别人说话去了。帕吉特上校的话到嘴边又闭上了,转回窗边继续俯瞰皮卡迪利大街。拥挤的街道上,每个人似乎都为着什么目的在奔忙。一个个都急匆匆地赶去赴约。就连轻便马车、遮篷马车里的女士们也正沿皮卡迪利大街奔波,赶去办什么事。人们正回到伦敦,为安度这时节忙碌地准备着。对他而言,没有什么时节,也没什么可忙的。他的太太正在垂死之中,但还没有死。她今天好了些,明天可能病情加重;要来个新护士;一切又会继续下去。他拿起一份报纸，开始一页页翻看。他看到了科隆大教堂西面的一幅图片。他又把报纸扔回了报纸堆。总有一天——指的是他太太死后，这是他的委婉说法——他想，他就离开伦敦，住到乡下去。可还有这房子，还有孩子们，还有……他的脸色变了，变得没那么不满了，却有一丝不坦然、不自在。

不管怎么说，他还有地方可去。刚才他们闲聊的时候，他把这念头抛在了脑后。等他转身发现他们已经走了，这念头又成了他抹在伤口上的药膏。他要去看看米拉，至少米拉见到他会很高兴。于是离开俱乐部后，他没有朝东转，那是那些忙忙碌碌的男人们去的方向；也没有往西转，那边是他家所在的阿伯康排屋的方向；而是沿着硬石板路穿过格林公园，朝西敏斯特走去。绿草茵茵，树叶正冒新芽；小小的绿爪子，就像鸟爪子一样，从枝条上探出来。随处可见勃勃生机，耀眼活力；空气嗅起来清新欢快。但帕吉特上校眼中不见草，也不见树。他把外套纽扣系得紧紧的，坚定地穿过公园，直盯着前方。等到了西敏斯特，他停下了脚步。他很不喜欢接下来要做的事。大修道院的巨大阴影笼罩下的这条小街,满是昏暗的小房子,窗户上挂着黄色窗帘和广告牌,街上似乎总有松饼贩子在摇铃叫卖,孩子们尖声大叫着在人行道上画的粉笔格子里跳进跳出。每次走近这条街,他就会停下来,左看看,右看看,然后一个箭步走到30号,按响门铃。他直盯着门等着,头垂得很低。他不想被人看到自己站在这个门口。他也不喜欢等着别人放他进去。他不喜欢西姆斯太太让他进去的时候,屋子里总有股味道,后院里总是牵着一条绳子挂着脏衣服。他迈着沉重的脚步走上楼梯,闷闷不乐的,进了起居室。

里面没人,他到早了。他嫌恶地环视着房间。到处是各种小物件。他感到浑身不自在,他挺直身子站在挂了帘子的壁炉前,面对着画着一只正要飞落芦苇的翠鸟的防火屏,他觉得自己似乎高大得离谱。楼上的地板上有脚步声在跑来跑去。是有人和她在一起吗?他听着,心想。外面街上孩子们在尖叫。这真是卑鄙、低劣、鬼鬼祟祟。总有一天,他心想……门开了,他的情人米拉,走了进来。

"噢,博吉,亲爱的!"她大声嚷道。她的头发很乱,看起来有点毛茸茸的。她比他年轻得多,他觉得她见到他很高兴。小狗跳起来扑到她身上。

"露露,露露。"她喊着,一手接住小狗,一手拢向头发,"来让博吉叔叔看看你。"

上校坐进了吱呀作响的柳条椅里。她把小狗放到他膝上。小狗的一只耳朵后面有一块红斑,可能是湿疹。上校戴上眼镜,俯身查看小狗的耳朵。米拉亲吻着他脖子上碰到衣领的地方。他的眼镜落了下去。她一把抓住眼镜,戴到狗的头上。她觉得这个老小伙子今天有点没精打采。在那个他从不对她提起的各个俱乐部和家庭生活的神秘世界里,定是出了什么问题。她还没梳好头发他就来了,真是烦人。不过她的任务就是要让他分心。于是她轻快地四处飞掠了起来——她的身形虽然发了福,却还能在桌椅之间移动自如。她移开了防火屏,不等他反对,就给寒酸的公寓壁炉生上了火。然后她停落在他的座椅扶手上。

"噢,米拉!"她看着穿衣镜中的自己,移动着头上的发卡,"你今天真是乱得没法见人!"她解开一卷长发,任其垂在肩上。一头漂亮的金发,尽管她已经年近四十,而且,而且没人知道她还有个八岁的女儿寄宿在贝德福德的朋友家里。秀发开始随意地自然垂落，博吉看到头发落下，俯身亲吻她的头发。从街尾传来手摇风琴的乐声，孩子们全朝着那个方向奔去，突然留下了一片寂静。上校开始轻抚她的脖颈。他开始摩挲着，那只没了两个指头的手胡乱地往脖子和肩膀之间摸索下去。米拉滑坐到了地板上，后背靠着他的膝盖。

楼梯上传来一阵嘎吱声，有人在轻叩墙壁，仿佛在提醒他们她的存在。米拉立即把头发夹到一起，起身出去并关上了门。

上校再次开始有条不紊地检查起小狗的耳朵来。是湿疹吗？或者不是湿疹？他盯着那块红斑，把狗放回篮子里，站着、等待着。他不喜欢门外楼梯平台上长久的低语。终于米拉回来了，面色忧郁；当她面色忧郁时，看起来很老。她开始四处在靠垫和盖布下面找东西。她说，她在找她的提包。她把包放哪儿了？上校想，在这个乱七八糟的地方，在哪儿都有可能。她在沙发一角的靠垫下面找到了，那是一个单薄、模样穷酸的提包。她把包倒提过来，晃了晃，小手绢、皱巴巴的小纸片、银币和铜钱都被抖落了出来。

她说,应该还有一个金币。"我保证昨天我有一个。"她嘟哝道。

"多少钱?"上校说。

算下来有一英镑,不,一英镑八先令六便士,她还咕哝着什么洗衣服。上校从他的小钱袋里摸出两个金币,给了她。她拿了钱,楼梯平台上又传来了低语声。

"洗衣服……?"上校环视着房间,心想。真是个又脏又小的烂鸡窝。不过自己比她年长许多,要是去问她洗衣服是怎么回事,那可不太像样。她又回来了。她又飞掠着穿过房间,坐在地板上,头靠着他的膝盖。壁炉里寒酸的炉火本来就只是忽隐忽现的,现在已经彻底熄灭了。"随它去,"她拾起拨火棍时,他不耐烦地说道,"熄了就熄了吧。"她放下了拨火棍。小狗打起呼噜来,手摇风琴演奏着。他的手在她的脖颈上下又游走起来,在厚厚的长发间穿进穿出。这个小小的房间,和其他房子靠得那么近,黄昏来得很快,窗帘也半闭着。他把她拉了过来,亲吻着她的后颈,那只没了两根指头的手开始摩挲着脖颈和肩膀之间的后背下面。

突然一阵急雨敲响了人行道,一直在粉笔格子里跳进跳出的孩子们飞似的奔回了家。上了年纪的街头歌者快活地反戴着渔夫帽,一直在街边摇摆着,中气十足地咏唱"数算主恩,数算主恩……"①。这时他翻起外套领子,躲在一个酒吧的门廊里避雨,唱完了他的劝诫:"主的恩典,样样都要数。"接着阳光又开始普照,人行道也晒干了。

"水没开。"米莉·帕吉特看着茶壶说。她坐在阿伯康排屋房子里前厅的圆桌旁。"还早着呢。"她又说。那是个老式的铜水壶,上面雕镂的玫瑰花图案几乎磨光了。壶底下微弱的火光跳跃闪烁着。她妹妹迪利亚躺在她旁边的一把椅子上,也看着茶壶。"水必须得烧开吗?"一会儿后她无所事事地问道,好像也不想要什么回答。米莉也没有回答。她们不出声地坐着,盯着一簇黄色炉芯上的小火苗。桌上摆了很多餐盘和杯子,似乎有人要来,但此时只有她们。房间里摆满了家具。她俩对面摆着一件荷兰式橱柜,架子上陈列着青花瓷器;四月的余晖映在玻璃上朝

---

① 指赞美诗《数算主恩》。

四处投下明亮的光斑。壁炉上方挂着一幅肖像画,是一个红头发的年轻女子,身穿细棉布衣裙,膝上放了个花篮,微笑着看着她们。

米莉从头上取下发夹,开始把炉芯的细线挑开,好把火苗弄大些。

"没用的。"迪利亚看着她,急躁地说。她烦躁不安。随便什么事好像都需要花很长时间,让人无法忍受。克罗斯比进屋来说,她是不是该在厨房里烧水?米莉说,不用。迪利亚拿着一把餐刀敲着桌子,看着她姐姐用发夹捣鼓着那一点微弱的火苗,心里想,我怎样才能摆脱这些无聊的琐事啊。壶底下传来小飞虫般烦人的哀鸣。这时门又被猛地打开了,一个身穿硬挺的粉色连衣裙的小女孩走进屋来。

"我还以为保姆给你穿了件干净的围裙。"米莉严厉地说,装着大人的样子。她的围裙上有一块绿色的污迹,就好像她刚刚在爬树。

"送去洗了还没送回来。"小女孩罗丝没好气地说。她看了看桌子,还没有茶点的影子呢。

米莉又把发夹伸向了炉芯。迪利亚靠回了椅子,转头扫了一眼窗外。从她坐着的地方能看到前门的门阶。

"马丁来了。"她阴郁地说。门砰地关上了,书本噼里啪啦地落在门厅的桌子上,十二岁的男孩马丁进来了。他和画上的女人一样红头发,只是乱糟糟的。

"去把你自己收拾干净。"迪利亚厉声说。"你还来得及,"她又说,"水还没开呢。"

他们齐齐地看向茶壶。黄铜壶颤巍巍的壶底下,小火苗闪烁着,茶壶还继续着低低的悲鸣。

"把那茶壶砸个稀巴烂。"马丁说,猛地转身走掉了。

"你用那种字眼,妈妈会不高兴的。"米莉装着长辈的样子责骂他。他们的母亲已经生病太久,两姐妹开始模仿她管教孩子们的样子。门又开了。

"托盘,小姐……"克罗斯比用脚抵着门,说。她手里端着一个给病人用的托盘。

"托盘,"米莉说,"现在谁来拿托盘呢?"她又模仿着大人想要对小孩子用点策略时的样子。

"罗丝你不行,太重了。让马丁来吧,你可以和他一起去。但别逗留。只告诉妈妈你们都在干些什么,还有茶壶……茶壶……"

这时她又用发夹鼓捣起炉芯来。蛇形的喷嘴冒出了一股细细的蒸汽。刚开始断断续续的,渐渐越来越粗壮,正当他们听到楼梯上响起了脚步声,壶嘴里喷射出一股强劲的蒸汽。

"水开了!"米莉欢呼道,"水开了!"

他们闷不作声地吃着东西。荷兰式橱柜玻璃上的亮光不断变化着,显示着太阳在云中进进出出。有时候一只碗闪着深蓝色的光芒,一会儿又变成青灰色。另一个房间里的光线偷偷地静栖在家具上。那儿有一个图案,这儿有一个光斑。迪利亚想,某个地方能看到美,某个地方能看到自由,在某个地方他戴着白花……门厅里响起手杖轻捣地面的声音。

"是爸爸!"米莉警告似的喊道。

马丁顿时扭着身子爬出了父亲的扶手椅,迪利亚坐直了身子。米莉立刻把一只巨大的布满了玫瑰花图案的茶杯移到了前面,那杯子和别的都不相配。上校站在门口,有些凶狠地审视着孩子们。他的蓝色小眼睛挑错似的把他们看了一圈，这个时候找不到什么错；但他正在火头上，他还没开口孩子们就立马知道他正在火头上。

"脏兮兮的小无赖。"他说，从罗丝旁边走过时拧了拧她的耳朵。她赶紧伸手捂住了围裙上的污渍。

"妈妈还好吗？"他说，一屁股结结实实地坐到大扶手椅上。他讨厌喝茶，不过他总会从那个巨大的旧杯子里喝上一小口，那杯子是他父亲的。他举起杯子，敷衍地喝了一口。

"你们最近都在做些什么？"他问。

他打量了一圈，注视的目光阴晴不定，透着精明，有时候可能是和蔼的精明，但此刻就是阴沉沉的。

"迪利亚在上音乐课，我到怀特莱斯……"米莉开口说，倒像是小孩子在背书。

"去花钱，是吧？"父亲尖锐地说，但也不算刻薄。

"不是，爸爸，我告诉过你的。他们送错了床单……"

"你呢，马丁？"帕吉特上校打断了女儿的话，问道，"还是班上最后几名？"

"头几名呢！"马丁大声说。这几个字冲口而出，仿佛他一直努力憋着,到现在才释放出来。

"唔,不会吧。"父亲说。他的阴郁少了几分。他把手伸进裤袋里,摸出来一把银币。他试图从一堆弗洛林里抠出来一枚六便士的硬币,孩子们就这么看着他。他的右手在兵变中丢了两根指头,肌肉萎缩,看起来就像是老鸟的爪子。他动来动去地摸索着;他从来都不理会自己手上的伤,所以孩子们也不敢帮他。残缺的手指头骨节发亮,罗丝被深深吸引了。

"拿去,马丁。"终于他说道,把那枚六便士递给了儿子。接着他又喝了口茶,擦了擦胡须。

"埃莉诺在哪儿?"他终于又说道,像是为了打破寂静。

"今天是她去拉德布鲁克的日子。"米莉提醒他。

"噢,她去拉德布鲁克。"上校咕哝道。他一圈又一圈地搅着杯子里的糖,就像要把糖搅碎似的。

"亲爱的老利维一家。"迪利亚试探地说。她是他最喜欢的女儿,但她拿不准他现在的情绪如何,不知道该冒多大风险。

他没说话。

"伯蒂·利维有只脚长了六个脚趾。"罗丝突然高声说。其他人哄笑起来。上校打断了他们。

"你赶紧去准备功课,儿子。"他说,瞟了一眼还在吃东西的马丁。

"等他吃完茶点吧,爸爸。"米莉还在模仿大人的腔调。

"新来的护士呢?"上校敲着桌边,问道,"来了吗?"

"来了……"米莉刚开口,门厅里一阵窸窸窣窣的声音,埃莉诺走了进来。他们都长出了一口气,尤其是米莉。谢天谢地,埃莉诺来了。她抬起头,想着。各种争吵的安抚者、和解人,是她和家庭生活的紧张与冲突之间的缓冲。她崇拜她的姐姐。要不是埃莉诺手里捧着一堆色彩斑驳的小册子和两只黑手套,米莉简直就要称她为女神,赠给她她所没有的美貌和盛装。保护我吧,米莉想着,递给她一只茶杯。我这么一个胆小如鼠、任人践踏的没用的毛头小姑娘,不像迪利亚,她总是要风得风,而我总是被脾气乖戾的爸爸训斥。上校微笑着看着埃莉诺。炉前地毯上的红毛狗也抬起头摇着尾巴,就像是认出了她就是那些让它喜欢的女人中的一个,她们总会给它一根骨头,然后把手洗干净。

她是最年长的女儿，21岁，相貌并不美，但很健壮，此刻虽然有些疲惫，却还是天生的乐天派。

"对不起我来晚了，"她说，"有事耽搁了。我没料到——"她看着父亲。

"我离开得比预计的要早，"他匆忙说，"开会——"他突然停住了。他刚和米拉又吵了一架。

"你去拉德布鲁克怎么样了，嗯？"他又说。

"噢，拉德布鲁克——"她重复道。米莉递给她盖着盖子的盘子。

"有事耽搁了。"埃莉诺又说，动手装了食物。她开始吃东西，气氛轻松起来了。

"告诉我们，爸爸，"迪利亚大胆地说——她是他最喜欢的女儿，"你最近在做些什么？有什么奇遇吗？"

这句话不太妙。

"像我这么一个老古董可没什么奇遇了。"上校粗暴地说。他把糖粒往杯壁上碾压。然后又像是对自己的粗鲁感到后悔，他沉吟了片刻。

"我在俱乐部遇到了老伯克，他叫我带你们中的哪个去吃饭;罗宾回来了,休假。"他说。

他喝光了茶。几滴水珠落在胡须尖上。他拿出真丝大手帕,急躁地擦了一把下巴。埃莉诺坐在她的矮椅子上,看到古怪的表情先是出现在米莉脸上,然后是迪利亚脸上。她记得她们之间不合。但她们什么都没说。他们接着吃东西喝茶,直到上校见茶杯空了,当地一声重重放下。喝茶的仪式结束了。

"儿子,现在快去继续做你的功课。"他对马丁说。

马丁正向一个盘子伸手,于是缩回了手。

"快去。"上校专横地说。马丁起身离开,不情愿地把手在椅子、桌子上拖过,仿佛是为了拖延时间慢点走。他砰地关上门离开了。上校站起来,挺直身子站在她们当中,身上的长外套纽扣紧扣着。

"我也得走了。"他说。但他停了一会儿,好像也没有什么特别的理由要离开。他站在她们当中,站得笔直,仿佛想要发号施令,却一时半会儿想不出有什么要命令的。然后他想起来了。

"我希望你们中间哪个能记得,"他一视同仁地对着女儿们说,"记得给爱德华写信……告诉他写信给妈妈。"

"好的。"埃莉诺说。

他朝门边走去,却又停下了。

"妈妈什么时候想见我了就告诉我。"他说。然后他又停下来,拧了拧小女儿的耳朵。

"脏兮兮的小无赖。"他指着她围裙上的绿色污迹说。她用手捂住了污迹。在门边他再次停下来。

"别忘了,"他摩挲着门把手,说,"别忘了给爱德华写信。"终于他转动了门把手,离开了。

她们没出声。埃莉诺感到空气中有种紧张的情绪。她从她放在桌上的小册子堆里拾起一本,摊开来放在膝上。但她并没有看它。她的目光茫然地盯着远处的房间。后院里的树木正在发芽,灌木丛里满是小小的叶子——耳朵形状的小叶子。太阳闪耀着,断断续续地;一会儿钻进云里,一会儿出来,一会儿照亮这里,一会儿……

"埃莉诺。"罗丝打断了她的思绪。她的神态很奇特地和父亲很相像。

"埃莉诺。"她低声重复道,因为姐姐没反应。

"嗯？"埃莉诺看着她说。

"我想去兰黎商店。"罗丝说。

她站在那儿，背着手，就像她父亲的影子。

"这会儿去兰黎太晚了。"埃莉诺说。

"他们到七点才关门。"罗丝说。

"那叫马丁陪你去。"埃莉诺说。

小姑娘慢慢地朝门口走去。埃莉诺又拿起了她的账簿。

"你不能自己去，罗丝，你不能自己去。"她翻看着账簿说道。罗丝到了门口。她无声地点了点头，消失了。

她上了楼，在母亲的卧室外面停下了，使劲儿嗅着。门外的桌子上放着的水罐、杯子，盖着的碗旁边似乎萦绕着甜酸味。她又继续上楼，在书房门外停了下来。她不想进去，因为她刚和马丁吵了架。起先争吵的原因是关于厄瑞奇和显微镜，然后是关于朝隔壁皮姆小姐的猫扔东西。但是埃莉诺要她去找他。她打开了门。

"嗨，马丁——"她开口说。

他正坐在桌前，面前支着一本书。他正喃喃自语着什么，也许是希腊语，也许是拉丁语。

"埃莉诺叫我——"她说,注意到他满脸通红,手里紧紧攥着一张纸,好像正要捏成一个纸团。"叫我问你……"她开口说,做好了准备,背靠着门站着。

埃莉诺往后靠到了椅背上。此时太阳照到了后院的树。树芽正开始长大。在春光的照耀下,椅子的椅套显得十分寒酸。她注意到大扶手椅上父亲靠头的地方有一块深色的污迹。那里有好多椅子啊,老利维太太的卧室那么宽敞,那么通风,她——但米莉和迪利亚都没说话。她记得是关于晚宴的问题。她们中间哪个会去?她们俩都想去。她希望人们不会说那样的话,"带上你哪一个女儿"。她希望他们说的是,"带上埃莉诺"或"带上米莉"或"带上迪利亚",而不是把她们捆成一堆。这样一来也就没什么疑问了。

"唔,"迪利亚突然说,"我要……"

她站起身,好像要去某个地方。但她停下了。然后她信步走到可以看到外面街道的那扇窗户前面。对面的房子全都有着一模一样的小巧的前院、一模一样的门阶、一模一样的门柱、一模一样的弓形窗。此时薄暮降临,昏暗的光线下它们看起来鬼影重重、虚幻无形。灯光正被点亮,对面的客厅里亮着一盏灯,随后窗帘被拉上,遮住了房间里的一切。迪利亚站着,望着街道。一个下等阶层的女人正推着摇篮车,一个老头背着手蹒跚着走过。然后街道空了,一切都停顿了。一辆二轮轻便马车叮叮当当沿大路驶来。迪利亚马上起了好奇心。马车会在他们家门前停下吗?她更加专心地注视着。让她遗憾的是,马车夫猛拉缰绳,马儿蹒跚了几步;马车在离他们还有两个门口的地方停下了。

"有人拜访斯特普顿家。"她回头说,手拉着细棉布窗帘。米莉也走过来站在妹妹旁边,两个人一起透过缝隙看到一个戴高帽的年轻男人下了马车。他伸出手付钱给车夫。

"别让人看见了。"埃莉诺提醒道。年轻人跑上门阶进了屋,门在他身后关上,马车离开了。

这时候两姐妹站在窗边,打量着街道。前院里的番红花有红有紫。杏树和女贞树冒着星星点点的绿意。突然一阵狂风掠过街道,吹着一片纸在人行道上飘移,后面还跟着一小团尘土。屋顶上正是伦敦特有的日落景象，红彤彤的太阳，时隐时现，映照着一扇扇窗户闪耀着金光。春天的黄昏有一种荒凉之意；即便是这儿，在阿伯康排屋，光线也在由金转黑，又由黑转金。迪利亚放下窗帘，转身回到客厅，突然说：

"噢，天啦！"

埃莉诺已经又拿起了账簿，不安地抬起头。

"八乘以八……"她大声说，"八乘以八是多少？"

她用手指指着账簿上她正看到的地方，看着她妹妹。她站在那儿，仰着头，红头发在余晖中闪耀，一时间她看起来似乎有些肆无忌惮，甚至非常美丽。她旁边的米莉则看起来灰扑扑的、平淡无奇。

"听着，迪利亚，"埃莉诺合上账簿，说，"你只需再等等……"她想说却说不出口，"等妈妈死了。"

"不，不，不，"迪利亚说，伸出两只胳膊。"没有希望的……"她开口说，但她停下了，因为克罗斯比走了进来。她手里端着一个托盘。她把杯子、盘子、餐刀、果酱罐子、蛋糕盘、装着面包和黄油的盘子一个接一个放到托盘上，叮叮当当的细碎声音简直让人冒火。接着，她小心地平衡着托盘里的东西，出去了。一切都停顿了。她又进来，叠好餐布，移动桌子。然后又停歇了一刻。过了一会儿她拿着两个丝绸灯罩的台灯进来。一个她放到了前屋，一个放到了后屋。然后她走到窗边，拉上窗帘，脚底下廉价的鞋子嘎吱嘎吱地响着。窗帘布在黄铜杆子上滑动时发出熟悉的咔哒声，很快窗户就被厚实的酒红色长毛绒硬褶皱给遮住了。等她关好了两间屋子的窗帘，客厅里似乎笼罩着一片深沉的静默。外面的世界似乎被远远地、彻底地隔绝了。从旁边一条街上远远地传来街头小贩嗡嗡的叫卖声，运货马车沉重的马蹄声缓缓地"嘚嘚嘚"沿路远去。有一阵子车轮碾压着地面，随后声音消逝，一切又陷入了全然的寂静。

　　两盏灯投下两个黄色的光圈。埃莉诺把椅子拉到一个光圈下面，低下头继续完成她的工作，这部分的活儿——加数字——她总是留到最后，因为她实在是太不喜欢了。她加着八……六……五……四，嘴里呢喃着，铅笔在纸上点着。

"好了!"她终于说道,"做完了。我现在去陪妈妈了。"她俯身捡起手套。

"不,"米莉把摊开的杂志扔到一边,说,"我去……"

迪利亚突然从后屋冒了出来,她刚才一直在里面闲逛。

"我反正没事做,"她简短地说,"我去吧。"

她走上楼梯,一步一步,走得非常慢。等到了卧室门口——外面的桌上摆着罐子和玻璃杯,她停下了。因为有人生病而弥漫着的这股子甜酸味让她有些恶心。她没法强迫自己进去。透过走廊尽头的小窗户,她可以看到一卷卷火红的云躺在灰蓝色的天空上。这时客厅里的昏暗让她眼花了。一时间她似乎被光线定格在了那儿。她听到楼上有孩子们的说话声——是马丁和罗丝在争吵。

"那就别去!"她听到罗丝说。砰的一声门响。她没动。接着她深深吸了口气,又看了一眼燃烧着的天空,敲响了卧室的门。

护士安静地起身,食指放在嘴唇上,离开了房间。帕吉特太太正熟睡着。她躺在枕头间的空隙里,一只手垫着脸,轻声呻吟着,好像她在这世上彷徨着,即便在梦中,要经过的路上也遍布着小障碍。她的脸鼓鼓的,看起来很沉重;皮肤上布满了褐色的斑点;本来红色的头发已经变白,有些发绺上有着奇怪的黄斑,就像是把头发在蛋黄里浸过一样。手上除了结婚戒指外没有别的戒指,光是手指的模样似乎就可以表示她早已被病魔缠身。但她看起来并不像在垂死之中;她看起来好像会在这生与死之间的中间地带永恒地存在下去。迪利亚在她身上看不到变化。迪利亚坐下时,心中似乎溢满了各种情感。床边一块狭长的镜子映出了一块天空,此时被红光晃得令人目眩。梳妆台被照亮了。光线落在银瓶和玻璃瓶上,这些瓶子全都摆放得整整齐齐的,像是从未用过。在黄昏时分,病房里有一种不真实的洁净、安静和有序。床头有一张小桌子,上面放着眼镜、祈祷书和一只插着铃兰的花瓶。这花看起来也不真实。没什么可做的,只能看看。

她注视着已经发黄的祖父的画像,鼻子那里被照亮了;贺拉斯叔叔穿着制服的照片;右边的十字架上瘦削扭曲的人像。

"可是你并不相信!"她看着沉睡的母亲,残忍地说,

"你并不想死。"

她希望母亲死。母亲躺在枕头的缝隙之间——软软的,衰弱而不朽,一个阻挠、妨害所有人正常生活的障碍。她想要激起一点点爱意、一点点同情。比如,那个夏天,在西德茅斯,她想,当母亲叫我走上花园台阶的时候……可是当她想要仔细看看的时候,这场景消散了。当然还有别的场景——那个穿长外套、扣眼里插着花的男人。可她发过誓,到睡觉前都不能想这个。那她还能想什么呢?鼻子被光照得发白的爷爷?祈祷书?铃兰?还是镜子?太阳已经落山,镜子暗淡下来,此时只反射出一块暗褐色的天空。她再也忍不住了。

"扣眼里插着一朵白花。"她开始说。需要准备几分钟。得有一个会堂,一排排的手掌,下面的地板上满是人头。魔法开始奏效了。她心里开始洋溢起令人愉快、激动的美好情感。她站在讲台上,观众人山人海,所有人都在高呼,挥着手绢,嘘声和口哨声不绝于耳。然后她站了起来。她在讲台正中,一身白衣,站了起来。帕内尔先生在她旁边。

"我为了自由而疾呼,"她伸出双臂,开始说,"为了正义……"他们肩并肩站着。他面色苍白,但黑眼睛闪闪发亮。他转头看她,低声说……

突然她的思绪被打断了。帕吉特太太已经从枕头上抬起了身子。

"我在哪儿?"她喊道。她又是惊惧又是困惑,她醒来时常常会这样。她举起手,似乎在求救。"我在哪儿?"她又说。一时间迪利亚也糊涂了。她在哪儿?

"看,妈妈!看!"迪利亚失控地说,"在你自己的房间里。"

她把手放到床单上,帕吉特太太神经质地抓住了她的手。母亲环顾着房间,好像在找什么人。她似乎没有认出她的女儿。

"发生了什么事?"她说,"我在哪儿?"然后她看着迪利亚,记起来了。

"噢,迪利亚,我做了个梦——"她讷讷地说,带着歉意。她又躺了一会儿,看着窗外。华灯初上,从外面的街道上突然涌进了柔和的灯光。

"今天天气很好……"她犹犹豫豫地说,"是……"

她好像想不起来是什么。

"是的,妈妈,好天气。"迪利亚重复道,声音中带着刻意的愉快。

"……是……"她母亲又说。

是什么日子?迪利亚想不起来。

"……是你迪格比叔叔的生日。"帕吉特太太终于说了出来。

"帮我向他致贺——告诉他我非常高兴。"

"我会告诉他的。"迪利亚说。她已经忘了叔叔的生日,但母亲对这些事都非常细心。

"尤金妮婶婶……"她开口说。

她母亲正盯着梳妆台。外面的灯照进来一丝微光,令白布显得尤其洁白。

"又是一张干净桌布!"帕吉特太太急躁地嘀咕道,"开销,迪利亚,开销——这就是我的担心——"

"没事的,妈妈。"迪利亚闷闷地说。她的眼睛紧紧盯着祖父的画像;她想知道,为什么画家要在他的鼻尖上点上一些白色?

"尤金妮婶婶给你送来了一些鲜花。"她说。

不知怎么帕吉特太太似乎高兴起来了。她的眼睛出神地盯着干净的桌布，就在刚才它还让她想起清洗的账单呢。

"尤金妮婶婶……"她说，"我记得很清楚——"她的声音饱满圆润起来。"宣布订婚的那天。我们全都在花园里，送来了一封信。"她顿了顿。"送来了一封信。"她重复道。然后她沉默了一会儿，好像是在回忆着什么。

"亲爱的小男孩死了，不过除了这个……"她再度停了下来。她今晚似乎更虚弱了，迪利亚想，自己全身掠过一阵欢快。帕吉特太太说的话和平时相比更加断断续续了。什么小男孩死了？她等着母亲继续开口，开始细数起床单上的褶子。

"你知道过去常在夏天聚到一起的表亲们，"母亲突然接着说，"有你的贺拉斯叔叔……"

"戴玻璃假眼的那个。"迪利亚说。

"是的，他骑摇摇木马时伤了眼睛。姨妈们为他担心得很。她们说……"长久的停顿。她似乎正在搜寻合适的词语。

"等贺拉斯来的时候……记得问他餐厅的门的事。"

帕吉特太太似乎想到了什么奇特有趣的事。事实上她大笑了起来。她一定是想起了很久以前家里的什么趣事,迪利亚猜。她看着那笑容闪烁摇曳,然后渐渐消失,直到彻底的寂静。母亲躺着,闭着眼;戴着一只戒指的手,苍白无力的手,放在床单上。寂静中,她们可以听到煤块在壁炉里咔哒作响,街头小贩在沿街叫卖。帕吉特太太再没开口,她躺着一动不动,然后她深深地叹了口气。

门开了,护士进来了。迪利亚起身走了出去。我在哪儿?她问自己,盯着被落日染成粉色的一个白色罐子。一时间她似乎处于生与死之间的中间地带。"我在哪儿?"她重复道,盯着粉色罐子,因为它看起来太奇怪了。然后她听到楼上冲水的声音和地板上重重的脚步声。

"你来了,罗丝。"罗丝进门时,保姆从缝纫机的转轮那儿抬头看她。

育儿房里灯火通明,桌上放了一盏没有灯罩的灯。C太太每周都会送洗好的衣物过来,她这时坐在扶手椅上,手里端着一杯茶。"好姑娘来了,去拿你的针线活,"罗丝和 C 太太握手时，保姆说道，"要不然就赶不上爸爸的生日了。"她又说，然后在育儿桌上给罗丝腾出来一块地方。

罗丝打开抽屉，拿出她为父亲生日准备的皮靴包。这段时间她一直在皮靴包上刺绣出蓝色和红色的鲜花图案。还有好几簇用铅笔画好了的小玫瑰花还没绣完。她把包摊开在桌上仔细打量，保姆重拾起刚才她和 C 太太谈论的话题，她们在谈科比太太的女儿。但罗丝没有听。

那我就自己去，她决定了，把皮靴包铺平整。要是马丁不愿意和我去，那我就自己去。

"我把针线盒落在客厅了。"她大声说。

"唔，那就去拿吧。"保姆说，但她其实并没在意。她一心只想继续和 C 太太谈论杂货店老板的女儿。

现在冒险已经开始了，罗丝心里想着，轻手轻脚地偷偷朝夜间育儿房走去。现在她必须给自己准备弹药和补给，她必须把保姆的门锁钥匙给偷出来。可钥匙在哪儿呢？为了防夜贼，每晚钥匙都藏在不同的地方。应该在手帕盒子下面，或者在她存放母亲的金表链的小盒子里。找到了。她从自己的抽屉里拿了手袋，现在她有了手枪和子弹了，她想；又把帽子和外套挂到胳膊上，现在补给也足够了，她想，足够撑过两个星期。

她偷偷经过育儿房，下了楼梯。走过书房门口的时候，她专心地听了听。她一定得非常小心，不能踩到干树枝，也不能让脚下的枝条发出噼啪声，她偷偷摸摸地走着，提醒着自己。经过母亲的卧室门口时，她再次停了下来，倾听着。一片寂静。她在楼梯平台上站了一会儿，远远看了看门厅。狗儿在地垫上熟睡着；平安无事，门厅是空的。她听到客厅里有低语声。

她非常轻柔地转动前门的门锁，然后关上门，没有发出一丝声音。她靠着墙蹲着走，免得被人看见，一直走到拐角处。等到了拐角，她在金链花树下站直了身子。

"我是骑在帕吉特家骏马上的帕吉特，"她挥着手，说，"策马去救人！"

她在夜里策马狂奔，奔赴被包围的要塞，去执行一项绝命任务，她心想。她有一个秘密消息——她紧握拳头抓着手袋——要亲自送到将军手里。他们所有人的性命都维系于此。英国国旗仍然在中心塔楼上飘扬——兰黎商店就是中心塔楼;将军正站在兰黎商店的屋顶上,拿着望远镜远眺着。所有人的性命都靠她策马闯过敌营前来营救。她飞驰着穿过沙漠。她开始策马慢跑。天色渐黑。街灯正被点亮。点灯的人正把手里的竿子伸进灯上的小活门;屋前花园里的树木在人行道上织起一张摇摇晃晃的阴影之网;人行道在她面前延伸出去,宽阔而昏暗。前面是十字路口,然后是兰黎商店,就在街对面的一块如小岛的商业区里。她只需穿过沙漠,涉过河流,就安全了。她挥舞着拿着手枪的那只手,轻拍马刺,沿着梅尔罗斯大道飞驰而去。正当她跑过邮筒的时候,一个男人的身影突然从煤气灯后面冒了出来。

"敌人!"罗丝暗自惊呼,"敌人!砰!"她喊着,扣动手枪的扳机,从那人身边经过时恰好和他打了个照面。那是一张可怕的脸:苍白,布满麻点,脱着皮;他斜眼看着她。他伸出胳膊好像要挡住她。他几乎抓到她了。她猛冲而过。游戏结束。

她又变回了自己,一个没听姐姐话的小女孩,穿着拖鞋,为了安全向兰黎商店飞奔。

兰黎太太长了张天真无邪的脸,她正站在柜台后面叠报纸。她站在廉价的手表、工具卡、玩具船、装文具的盒子中间,默想着什么,好像是令人愉快的事情,因为她在微笑。罗丝突然出现了。她好奇地抬起头来。

"嗨,罗丝!"她大声说,"你要点什么,亲爱的?"

她的手还在叠报纸。罗丝站在那儿喘着气,她已经忘了自己要来干什么。

"我想要橱窗里的那盒鸭子。"罗丝最后记起来了。

兰黎太太摇摇晃晃地绕了过去,把盒子拿了过来。

"像你这样的小姑娘现在一个人出门是不是太晚了呀?"她问,看着罗丝的神情仿佛是知道罗丝没听姐姐的话,穿着拖鞋就跑出来了。

"晚安,亲爱的,赶紧回家。"她把东西包好给罗丝时说道。罗丝似乎在门阶上犹豫着,她站在那儿,盯着挂着的油灯下面的玩具,然后她不大情愿地走了出去。

我把消息亲自送给了将军,她又站在人行道上时,心里这样想着。她紧抓住胳膊下的盒子,心想,这是我的战利品。我带着叛乱头子的首级凯旋了,她心里说,打量着眼前向前延伸的梅尔罗斯大道。我必须得用马刺,驱赶马儿全速飞奔。然而这个故事再也不奏效了。梅尔罗斯大道还是梅尔罗斯大道。她遥望街道。面前空荡荡的街道远远的延伸出去。树木在人行道上投下颤颤巍巍的阴影。路灯彼此之间离得很远地站着,中间是一团团深潭般的黑暗。她开始小跑起来。经过灯柱的时候,突然她又见到了那个男人。他背靠在灯柱上,煤气灯的光在他脸上摇曳。她经过时,他把嘴唇吸进去又努出来,发出"喵"的一声。但他没有向她伸出手,他的手正在解开裤扣。

她从他身边飞奔而过。她觉得自己听见他追来了。她听到他在人行道上的脚步声。她跑过的时候,一切都在颤抖;她跑上门阶,把钥匙插进门锁,打开了前门,眼前有粉色、黑色的星星在飞舞。她顾不上自己有没有发出声响。她希望有人出来和她说说话。可是没人听到她回来。门厅空荡荡的。狗儿在地垫上熟睡着。仍然能听到客厅里的低语声。

"等它烧起来了,"埃莉诺正在说,"就会太热了。"

克罗斯比把煤块堆成了一座黑色大山。一股羽毛般的黄烟阴沉沉地缠绕着这座大山;煤堆正开始燃起来,等它燃起来,就会太热了。

"她说,她能看到保姆在偷糖。她能看到保姆在墙上的影子。"米莉正在说。她们在谈论母亲。

"然后爱德华,"她又说,"忘了写信。"

"提醒我了。"埃莉诺说。她得记住给爱德华写信。晚饭后应该有时间。她不想写信,也不想说话;常常从拉德布鲁克回来后,她就会觉得仿佛好些事都在同时发生。那些话车轱辘般在她脑子里来回转——说的话,看到的事。她想到了老利维太太,撑在床上坐着,白头发束成厚厚一把,像一头假发,脸上裂纹纵横,就像一只旧釉面罐子。

"他们对我很好,我记得他们……我还是个穷寡妇的时候,天天刷洗衣服拧干,他们驾着马车来了——"说到这儿,她伸出胳膊,苍白的胳膊扭绞着,就像一截树根。"他们对我很好,我记得他们……"埃莉诺看着炉火,心里重复着这句话。接着给裁缝打工的那个女儿进来了。她戴的珍珠像鸡蛋那么大,她开始喜欢化妆了,她美得惊人。米莉动了动。

"我正在想,"埃莉诺一时不假思索地说道,"穷人们比我们更享受生活。"

"利维一家吗?"米莉心不在焉地说,接着她眼睛一亮。

"给我说说利维家吧。"她又说。埃莉诺和"穷人们"的关系——利维家、葛拉布家、帕拉维奇尼家、茨温格勒家、科布家,总是让她很感兴趣。但埃莉诺不喜欢像谈论书里的人物一样谈论这些"穷人们"。她对患了癌症快要死了的利维太太极为钦佩。

"噢,他们也很寻常。"她尖锐地说。米莉看着她。埃莉诺在"孵蛋"①,她想。家里的笑话就是:"当心啦。埃莉诺又在'孵蛋'了。今天是她去拉德布鲁克的日子。"埃莉诺有些难为情,但她不知怎的,从拉德布鲁克回来就总是有些烦躁——她脑子里同时想着许多各种各样的东西:坎宁宫,阿伯康排屋,这间房,那间房。那个老犹太女人,坐在她闷热的小房间里的床上;回到这里,妈妈又病着;爸爸脾气暴躁;迪利亚和米莉在为聚会争吵……但她控制

---

① 这里用孵蛋来形容埃莉诺坐着发呆、思绪满腹的样子。

住了自己。她应当想想说点什么让妹妹高兴。

"利维太太把租金准备好了,真是个奇迹。"她说,"是莉莉帮了她。莉莉在肖迪奇的一个裁缝店找了份工。她回家时全身戴满了珍珠什么的。他们制作高档服饰——犹太人。"她补充说。

"犹太人?"米莉说。她看起来像是在思量犹太人的品位,随即她放弃了。

"是的,"她说,"珠光宝气的。"

"她特别漂亮。"埃莉诺说,想着她红红的脸颊和白色的珍珠。

米莉笑了,埃莉诺总是为穷人出头。她觉得埃莉诺是她所认识的最善良、最聪明、最优秀的人。

"我觉得你最喜欢去那儿了,"她说,"我觉得要是你能自己做决定的话,你会去住在那儿。"她轻叹了一声,补充道。

埃莉诺在椅子里动了动。她当然有自己的梦想、自己的计划,但她不想说这些。

"也许等你结婚了,你就会去?"米莉说。声音里有股怒气,却又带着哀伤。晚宴,伯克家的晚宴,埃莉诺想。她希望米莉不要总是把话题扯到结婚。他们懂什么是结婚吗?她心里想。他们在家里待得太久,她想;他们从来看不到除他们这类人之外的其他人。在这里他们被关在笼子里,日复一日……这就是她为什么说:"穷人比我们更享受生活。"回到那个客厅,那些家具、鲜花、医院的护士,这一切都让她非常震动……她再次控制自己不去想。她必须等到自己一个人的时候,等她晚上刷牙的时候。当她和别人在一起时,她必须让自己不同时想两件事情。她拿起拨火棍,戳着煤块。

"看呀,好漂亮!"她惊叹道。煤块顶上有一朵火苗在舞蹈,敏捷、灵活又无关紧要的一朵火苗。就像他们小时候,把盐撒到火上产生的那种火苗。她又拍打了一下煤堆,一阵金色的火星像雨点一般直冲上烟囱。"你还记得吗?"她说,"我们过去常常捉弄消防员,莫里斯和我把烟囱点着了火?"

"然后皮皮去找爸爸。"米莉说。她停住了。门厅里有声响。手杖捣地的响声,有人在挂外套。埃莉诺的眼睛亮了。是莫里斯,是的。她熟悉他发出的声音。这时他进来了。门打开时,她微笑着转过头去。米莉跳了起来。

莫里斯想要制止她。

"别走——"他说。

"要!"她喊道,"我要走。我要去洗个澡。"她想都没想就说。她离开了。

莫里斯在她刚刚坐的椅子上坐下。他很高兴看到埃莉诺一个人在这儿。两人都没说话。他们看着黄色的烟羽,黑煤堆上敏捷、灵活、无关紧要的小火苗在四处舞蹈着。然后他问起了那个老问题:

"妈妈怎样了?"

她说,没变化。"只是睡得更多了。"她说。他皱起了额头。他渐渐没了小男孩的样子,埃莉诺想。大家都说,这就是当律师最不好的地方,你要经得住等待。他给桑德斯·柯里做助手,工作枯燥,成日里在法庭流连,等待。

"老柯里怎样了?"她问——老柯里脾气不大好。

"脾气有点坏。"莫里斯冷冷地说。

"你整天都做些什么?"她问。

"没什么特别的事。"他回答。

"还是埃文斯告卡特的案子?"

"嗯。"他简短地说。

"谁会赢?"她问。

"当然是卡特。"他说。

为什么是"当然",她想问。但她前些天说了些蠢话——说的话表示出她没在好好听。她把事情搞砸了,比如说,普通法和另外那种法律有什么不同?她没说话。他们沉默地坐着,看着煤块上的火苗在嬉戏。那是绿色的火苗,敏捷灵活,无关紧要。

"我就是个糟糕的傻瓜,你觉得我是吗?"他突然问,"妈妈一直生病,要付爱德华和马丁的开销——爸爸一定觉得很有压力。"他皱起眉头,那样子让她心想,他渐渐没了小男孩的样子。

"当然不是。"她着重语气地说。当然他要是去做生意就太荒唐了,他的理想就是能执法。

"总有一天你会成为大法官的。"她说,"我很有信心。"他微笑着,摇着头。

"我很确定。"她说。她看着他,就像过去常看着他那样,他从学校里回来,爱德华获得了各种奖项,而莫里斯沉默地坐着——就像现在这样——吞吃着东西,而没人对他大惊小怪的。尽管她看着,心头却涌起一丝疑惑。她说的是大法官。她不是该说最高法院的首席法官吗?她从来记不清哪个是哪个,这就是为什么他不愿意和她谈论埃文斯和卡特的案子。

她也从没告诉过他利维家的事,就算在讲笑话时也没有。这是长大后最糟糕的地方,她想;他们不能再像过去那样分享一切了。碰面的时候他们也再没有时间像过去那样谈话——谈天说地,他们现在谈论的总是实实在在发生的事——各种琐事。她戳了戳火堆。突然一声巨响响彻了房间。是克罗斯比在敲门厅里的锣。她就像一个疯子对着某个无耻的敌人报仇雪恨似的。刺耳的锣声一波接一波,响彻了整个房间。"老天,那是整装铃!"莫里斯说。他站起来,挺直了身子。他抬起胳膊,在头上举了一会儿。那就是他以后成了父亲,成了一家之主后的样子,埃莉诺想。他放下胳膊,离开了房间。她坐着沉思了片刻,然后她回过神来。我得记住什么呢？她想。写信给爱德华，她想着，走向母亲的写字台。现在这就是我的桌子了，她想，看着银色蜡烛、祖父的小画像、店铺的账簿——有一本上面盖着一头金牛的印章——还有背上驮着一排刷子的墨迹斑斑的海象，那是母亲上一次过生日时马丁送给她的礼物。

克罗斯比扶着餐厅的门，等他们下来。银器擦亮后还真是不错，她想。餐刀和餐叉在桌上摆成一圈，闪闪发亮。整个房间，包括雕花餐椅、油画、壁炉架上的两把短剑，还有漂亮的餐具柜——所有这些实实在在的东西都是克罗斯比每天扫去灰尘、擦得锃亮——在晚上看起来是最棒的。白天屋里弥漫着肉香味，哔叽窗帘拉着，到了夜晚屋里点起了灯，显得如梦如幻。家里人一个个进来，这家人都很俊美，她想——小姐们穿着蓝色、白色印着枝叶花纹的漂亮细棉布裙子，先生们穿着小礼服整洁光鲜。她为上校拉开餐椅。他在夜晚总是心情最好的；他享受晚餐，而且不知为什么他的阴郁也一扫而光。他的情绪轻松快活。孩子们注意到他的快活，情绪也变得很高。

"你穿的连衣裙很漂亮。"他入座时对迪利亚说。

"这件旧的吗?"她轻抚着蓝色细棉布说。

他心情好的时候,身上有种闲适、富贵的魅力,是她特别喜欢的。人们总是说她很像他;有时候她为此感到高兴——比如今晚。他身着礼服,面色红润,端正和蔼。他这样时他们也就又变回了孩子,竟相开起了玩笑,然后不管好不好笑,全都笑得前仰后合。

"埃莉诺又在'孵蛋'了,"父亲朝他们挤挤眼睛,说,"今天是她去拉德布鲁克的日子。"

大家都哄笑起来。埃莉诺本以为他在谈论那只狗——罗弗,结果他谈的是埃杰顿太太。克罗斯比正在送汤过来,脸上也挤成了一堆,因为她也想笑。有时候上校让克罗斯比笑得太厉害了,她不得不转身假装在餐具柜那里做事。

"噢,埃杰顿太太——"埃莉诺说,开始喝汤。

"对,埃杰顿太太,"父亲说,接着继续讲埃杰顿太太的事,"有人诽谤说她的金发并不全是她自己的。"

迪利亚喜欢听父亲讲印度的事。那些事很新鲜,又很浪漫。它们让她能感受到那种氛围,炎热的夜晚,军官们身着晚礼服在聚餐,餐桌正中摆着一个巨大的银质奖杯。

"我们小时候他就常常像这样。"她想。她记得,每次她过生日他都会从篝火上跳过去。她看着他用左手敏捷地把肉饼轻推到盘子上。她崇拜他的决策,他对事情的感觉。他把肉饼轻推到盘子上,继续说:

"说起可爱的埃杰顿太太提醒了我,我有没有告诉过你们老巴杰·帕克斯的事——"

"小姐——"埃莉诺身后的门开了,克罗斯比小声说。她对着埃莉诺悄悄地耳语了几句。

"我就来。"埃莉诺起身说。

"怎么了,怎么了?"上校正说到一半中断了。埃莉诺离开了房间。

"是保姆送来的口信。"米莉说。

上校正开始吃肉饼,手里还拿着刀叉。他们都拿着餐刀等待着。没人想继续吃东西。

"唔,我们继续吃晚餐吧。"上校说道,突然开始切起肉饼来。他的亲切消失了。莫里斯试着吃了点土豆。然后克罗斯比再次出现了。她站在门口,浅蓝色眼睛看上去显得十分突出。

"怎么回事,克罗斯比?怎么回事?"上校说。

"女主人的情况更糟了,先生,我觉得。"她说,声音里带着古怪的呜咽。所有人都站了起来。

"你们等着,我去看看。"莫里斯说。他们都跟着他涌入了过道。上校手里还握着餐巾。莫里斯跑上了楼,不一会儿又下来了。

"妈妈昏过去了。"他对上校说,"我去找普伦蒂斯。"他一把抓住帽子和外套,跑下了前门台阶。他们听到他吹口哨叫出租车,全都无所适从地站在门厅里。

"去吃完晚餐吧,孩子们。"上校命令似的说。但他自己在客厅里来回踱步,手里还攥着餐巾。

"终于来了。"迪利亚心想,"终于来了!"一种解脱和激动的特殊感觉攫住了她。父亲从一间客厅踱到另一间;她跟着他进去了,但是又回避着他。他们过于相像,两个人都知道对方的感受。她站在窗口看着街道。刚刚下过一场雨,街上是湿的,屋顶在发亮。天空上乌云正在移动,树枝在街灯的灯光里上下摇荡。她心中也有着什么在上下摇荡。有什么未知的东西似乎正在来临。她身后有吞东西的声音,让她转过了身。是米莉,她正站在壁炉边,壁炉上面是身穿白色长袍、手拿花篮的女孩的画像,她脸颊上正缓缓地流下眼泪。迪利亚朝着米莉动了一下。她应该走过去,伸出胳膊将米莉整个抱住,但她做不出来。米莉真的在流泪。而她自己的眼睛是干的。她再次转向窗口。街道上空空旷旷,只有树枝在灯光中上下摇荡。上校在来回踱步,有一回他拍了桌子,大叫道:"该死!"他们听到楼上的房间有脚步声在四处移动。他们听到嗡嗡的低语声。迪利亚又转向窗户。

一辆二轮轻便马车沿街缓缓驶来。马车一停莫里斯就跳下车来。普伦蒂斯医生跟着他。医生直接上了楼,莫里斯到客厅和他们碰头。

"怎么不去把晚餐吃完?"上校停下来,站在他们跟前,粗声说道。

"噢,等他走了再说。"莫里斯不耐烦地说。

上校又开始来回踱步。

接着他停了下来,背着手站到炉火前,一副做好了准备的样子,好像已经打起精神准备好迎接一场意外。

我们俩都在演戏。迪利亚心想,偷瞟了他一眼,但他比我演得要好。

她又看向窗外。正在下雨,雨点划过灯光时,一条条银色光线闪过。

"在下雨。"她低声说,但没人回应。

终于,他们听到楼梯上传来脚步声,普伦蒂斯医生进了房间。他静静地关上门,没作声。

"嗯?"上校朝他转过头去。

长久的停顿。

"她怎么样了?"上校说。

普伦蒂斯医生微微动了动肩膀。

"她恢复了,"他说,"目前而言。"他补充说。

迪利亚感到他说的话好似当头一棒。她跌坐到一把椅子的扶手上。

这么说你不是要死了,她想,看着画像上那个坐在树干上保持平衡的女孩;女孩似乎在对着她的女儿假笑,笑里藏刀。你不会死了——不会,不会!她站在母亲的画像下方,两手紧握着,心里呼喊着。

"我们现在可以继续吃晚餐了吗?"上校说,拾起了刚才落到客厅桌上的餐巾。

真可惜,晚餐被毁了。克罗斯比想,她从厨房又拿回了肉饼。肉已经干了,土豆的表面结了一层褐色的壳。她把食物放到上校面前时,注意到有一支蜡烛已经烧到底了。她关上了门,留下他们开始继续吃饭。

屋子里静悄悄的。狗儿在楼梯底下的垫子上睡觉。病房外也一片寂静。马丁的房间里传来轻微的鼾声。日间育儿房里,C太太和保姆听到楼下门厅的声音后晚饭也中断了,现在也继续吃饭了。罗丝在夜间育儿房里熟睡着。有时候她睡得很沉,蜷成一团,毯子在头上紧紧地缠着。她翻动着身子,把胳膊伸了出来。黑暗当中,有什么东西冒了出来。一个椭圆形的白色东西挂在她面前摇晃着,像是悬在一根绳子上。她半睁着眼,看着它。那东西满是灰色斑点,冒出来又凹进去。她完全醒了。一张脸悬在她眼前,就像是挂在一根绳子上一般摇摇晃晃的。她闭上了眼,但那张脸还在那里,斑点冒进冒出,灰色、白色、浅紫色的,还有麻麻点点的。她伸出手去摸旁边的大床。大床上是空的。

她倾听着。她听到过道那头的日间育儿房里传来刀叉碰撞的声音和聒噪的说话声。但她睡不着了。

她让自己想象着一群羊被围在原野里的一个羊圈里。她让羊一头接一头地跳过围栏。每跳过一只她就数一次。一、二、三、四——它们跳过了围栏。但第五只羊不肯跳。它转过头来看着她。它瘦瘦的长脸是灰色的,嘴唇翕动着;那是邮筒边那个男人的脸,而她现在单独和这张脸在一起了。她闭上眼,那张脸就在那里;她睁开眼,它还在那里。

她在床上坐了起来,大声喊道:"奶妈!奶妈!"

四周是死一般的寂静。隔壁房间的刀叉碰撞声已经停息了。她独自和什么可怕的东西待在一起。她听到走廊里有脚步拖曳的声音,越来越近。是那个男人,他的手放在了门上,门开了。一道光斜照在洗脸台上,照亮了水罐和洗手池。那个男人竟然和她一起在房间里……原来是埃莉诺。

"你怎么还没睡着?"埃莉诺说。她放下蜡烛,开始抚平床单,床单全皱在了一起。埃莉诺看着罗丝,她眼睛发亮,两颊通红。发生什么事了?是他们在楼下妈妈的房间里四处活动,把她吵醒了吗?

"你怎么还醒着?"埃莉诺问。罗丝又打了个哈欠,可这更像是一声叹息。她不能告诉埃莉诺她看到了什么。她心中有深深的负罪感;不知为什么,她必须对她看到的那张脸保持沉默。

"我做了个噩梦。"她说,"我吓坏了。"她在床上坐直,浑身一阵古怪而紧张的抽搐。怎么回事?埃莉诺又在猜想。是因为和马丁吵架了?她又在皮姆小姐的花园里追猫玩了?

"你又在追猫玩了?"她问。"可怜的猫咪。"她又说。"它们和你一样都忘不了这事。"她说。但她知道罗丝的恐惧和猫咪无关。罗丝正紧紧地抓着手指,她紧盯着面前,眼神十分古怪。

"你梦见了什么?"她问,在床边坐下。罗丝紧盯着她,却不能告诉她。但无论如何她得想办法让埃莉诺留下来。

"我觉得我听到房间里有一个男人,"她终于说了出来。"是个贼。"她又说。

"贼?这儿吗?"埃莉诺说,"可是罗丝,贼怎么可能进到你的房间来?爸爸在,莫里斯在——他们绝不会让一个贼进到你的房间里的。"

"不会的,"罗丝说,"爸爸会杀了他的。"她又说。她抽搐的样子非常古怪。

"可你们大家都在做些什么?"她不安地问道,"你们还没上床吗?不是很晚了吗?"

"我们都在做些什么?"埃莉诺说,"我们都坐在客厅里,还不是很晚。"说着,一阵微弱的钟声隆隆传来。风向恰好的时候,她们能听到圣保罗大教堂的钟声。柔和的声浪在空中一圈圈传播着:一、二、三、四——埃莉诺数着,八、九、十。她很奇怪钟声这么快就停了。

"看,才十点钟。"她说。罗丝本以为已经更晚了。最后一下钟声已经融入了空中。"现在你可以睡觉了。"她说。罗丝抓住了她的手。

"别走,埃莉诺,别忙着走。"她哀求道。

"那告诉我,到底是什么让你害怕?"埃莉诺说。她确信罗丝在隐瞒着什么。

"我看到……"罗丝说。她鼓足勇气要告诉埃莉诺真相——那个邮筒边的男人。"我看见……"她重复道。但这时门开了,保姆进来了。

"我不知道今晚罗丝是怎么了。"她手忙脚乱地进来,说。她感到有些愧疚;她在楼底下和其他仆人们待在一起,在闲聊女主人的事。

"她往常都睡得很好。"她说,走到了床边。

"好了,奶妈来了。"埃莉诺说,"她到床边来了。那你不会再害怕了,对吗?"她抚平了床单,亲吻了罗丝。她站起身来,拿起了她的蜡烛。

"晚安,奶妈。"她说,转身离开房间。

"晚安,埃莉诺小姐。"保姆说,声音里带了些同情。他们在楼下谈论说女主人撑不了多久了。

"翻个身好好睡,亲爱的。"她说,亲了亲罗丝的额头。她可怜这个很快就会没妈的小女孩。她穿着衬裙站在黄色的斗橱前,从手腕上摘下银圈子,开始取下头上的发卡。

"我看见,"埃莉诺关上育儿房的门,重复道,"我看见……"她看见了什么?是某个可怕的、秘密的东西,是什么呢?那东西就在那儿,隐藏在她紧张兮兮的双眼后面。她手上的蜡烛稍稍有点倾斜，等到三滴蜡油落到了她鲜亮的裙摆上，她才注意到。她扶正了蜡烛，走下了楼梯，边走边倾听着。一片寂静，马丁睡着了，母亲睡着了。她走过一个个房门，走下楼梯，一团重重的黑影似乎向她扑了过来。她停下来，向门厅看去。一团黑影笼罩了她。"我在哪儿？"她问自己，紧盯着一个沉重的黑框。那是什么？她似乎独自置身于一片虚无的正中，但她必须下楼去，必须承担她的重负——她微微抬起手臂，像是在头上顶着一个大水罐，一个土陶大水罐。她再次停下来。她的眼睛里印出了一只碗的边缘，碗里有水，还有黄色的东西。她反应过来，那是狗儿的碗，是狗碗里的硫黄。狗儿在楼梯底下蜷成一团正睡着。她小心翼翼地跨过狗儿的身体，走进了客厅。

她进去时他们全都抬起头来。莫里斯手里拿了本书，但他并没有看；米莉手里拿着东西，但她也没有在缝补；迪利亚躺靠在椅子上，什么也没干。她站着犹豫了一会儿，然后转向了写字台。"我要给爱德华写信。"她喃喃道。她拿起笔，又迟疑了。当她拿起笔，抚平写字台上的信纸，她看到爱德华就在眼前,她觉得很难给他写信了。他的两只眼睛靠得太近;他在大厅的镜子前把头顶的头发梳得直立起来,那样子让她生气。她给他起了外号"小黑鬼"。"亲爱的爱德华,"她开始写道,觉得在这种情形下还是用"爱德华"比"小黑鬼"要好。

莫里斯强迫自己从在看的书上抬起头来。埃莉诺写字的沙沙声让他觉得烦躁。她歇一会儿,又写一会儿,然后又用手托着腮。确实她身上压着所有的忧虑。但她还是让他觉得烦躁。她总是问问题,却从不倾听回答。他的眼睛又扫向了面前的书。可强迫自己看书又有什么用呢?人人压抑情感的氛围令他厌恶。所有人都无能为力,就全都压抑着情感坐在这里。米莉做着针线活让他烦躁,迪利亚躺靠在椅子里,像平常一样无所事事。而他被关在这里,和这些女人们在一起,被压抑在虚情假意的气氛里。埃莉诺继续写着,写着,写着。根本没什么可写的——可她舔了舔信封口,贴上了邮票。

"我来吧。"他放下书,说。

他站起身来,好像很高兴终于能做点什么。埃莉诺送他到前门,站在门口扶着门,看他走向邮筒。外面正下着细雨,她站在门口,呼吸着微湿的空气,看着树底下印在人行道上颤抖着的奇怪阴影。莫里斯在街角的阴影后面消失了。她记起他还是个小男孩的时候,手里拿着小书包去上学,她就常常站在门口送他。她会向他挥手,等他到了街角,他总会转身挥手致意。这是个奇特的小小仪式,现在他们俩都长大了,所以就不再有了。她站着等着,阴影晃动着;不一会儿他又从阴影处冒了出来。他沿街走来,上了门阶。

"他明天就能收到,"他说,"最晚在邮差第二次送信之前。"

他关上门,俯身扣紧门链。门链咔哒响着,她觉得好像他们俩都接受了一个事实——今晚不会再发生什么了。他们俩避开对方的眼光,今夜他们俩都不想再有更多的情感。他们回到了客厅。

"好了,"埃莉诺说,环顾着四周,"我要去睡觉了。奶妈会摇铃的,"她说,"要是她需要什么的话。"

"我们也都睡觉吧。"莫里斯说。米莉开始卷起她的刺绣活。莫里斯开始用耙子把火熄灭。

"这火可真好笑——"他不耐烦地喊道。煤块粘在一起，猛烈地燃烧着。

突然响起了铃声。

"是护士！"埃莉诺喊道。她看向了莫里斯。她匆忙离开了房间，莫里斯跟着她。

有什么用？迪利亚心想。只不过又是虚惊一场。她站起身来。"只是护士有事而已。"她对米莉说，米莉正面带惊慌地站起来。她可不能再哭了，迪利亚想，随意走进了前屋。壁炉架上燃着蜡烛，照亮了母亲的画像。迪利亚瞥了一眼画像，那位身穿白衣的少女似乎正主宰着她自己不断推迟的临终之事，她脸上淡漠的微笑激怒了她的女儿。

"你死不了——你还死不了的！"迪利亚看着她，怨恨地说。铃声惊动了父亲，他也进来了。他戴着一顶红色吸烟帽，上面有一根可笑的穗带。

全都没用的，迪利亚看着父亲，无声地说。她觉得他们两个都必须控制住心里正在涨起的兴奋。"什么也不会发生——什么都不会。"她看着他说。但这时埃莉诺进了房间,脸色煞白。

"爸爸在哪儿?"她说,四处寻找。她看到了他。"来,爸爸,快来。"她伸出手,说,"妈妈要死了……孩子们也来。"她转头对米莉说道。

迪利亚注意到父亲的双耳上方出现了两小块白斑。他的眼神定定的,他鼓起了勇气。他大步走过他们身边,上了楼梯。他们全跟着他,在他后面形成一支小小的队伍。迪利亚注意到狗儿也想跟着他们上楼,却被莫里斯一巴掌打了回去。上校第一个走进卧室;然后是埃莉诺、莫里斯;马丁下来了,正披上晨衣;米莉带来了裹着披巾的罗丝;迪利亚落在众人的最后。房间里人太多了,她走到门口就再也进不去了。她能看到两个护士背朝对面的墙站着。其中一个在哭——她看出那是今天下午才来的那个。从她站着的地方看不到床,但她能看到莫里斯已经跪在了地上。我也该跪下吗?她想。她决定,不能在过道里跪着。她转头看去,看到过道尽头的小窗。外面正在下雨,某个地方的光线让雨滴闪闪发亮。雨一滴接着一滴滑下了窗玻璃,它们滑动又停歇;一滴雨碰上了另一滴,合在了一起,继续滑下。卧室里一片沉寂。

这就是死亡吗?迪利亚心想。有一会儿好像发生了什么事。一面水墙似乎裂成了两片,两片水墙分开着。她倾听着,一片沉寂。接着是一阵骚动,卧室里纷乱的脚步声,父亲跌跌撞撞地走了出来。

"罗丝[①]!"他喊道,"罗丝!罗丝!"他胳膊向前伸着,拳头紧攥着。

做得很好,他从身边经过时迪利亚对他说。就像是舞台上的戏剧场景。她冷静地注意到雨滴还在落下。一滴雨滑下,遇到另一滴,合二为一,一起滚落到窗玻璃的底下。

正在下雨,毛毛细雨,温柔地喷洒着,星星点点地落到人行道上,让人行道显得油亮油亮的。刚从剧院里出来的人们抬头看着,天空温和混浊,星星都显得模糊不清。他们心里在想,要不要打开雨伞,要不要招来一辆马车。雨落到地上,落到田野里、花园中,泥土的气息被释放出来。这儿一滴雨静止在草叶上一动不动,那

---

① 帕吉特太太的名字。

儿雨水注满了一朵野花如杯子般的花心,等到微风吹动,里面的雨水就会洒落。要不要躲到山楂树下,躲到树篱下面,羊群似乎在问;奶牛们已经在灰色原野里散落开来,藏在昏暗的篱笆下面懒散地继续咀嚼着,毛发上缀满了雨滴。雨落到屋顶上——近在西敏斯特,远到拉德布鲁克丛林路;在辽阔的海面上,成千上万的雨点刺向这蓝色巨人,就像是一个拥有数不清的淋浴头的洗澡房。巨大的穹顶、沉睡中的大学城高耸的尖顶、安装了花窗的图书馆、博物馆,此时笼罩在本色亚麻布般的天空下,温柔的雨滑下,落到那些张牙舞爪的神龙怪兽滴水嘴奇异的大笑着的嘴里,从成千上万个奇形怪状的缺口飞溅开来。酒吧外面的窄巷子里,一个酒鬼滑倒了,嘴里咒骂着。分娩中的女人听到医生对助产士说着:"下雨了。"牛津的鸣钟一声声巨响,就如鼠海豚在油海①里缓缓地一次次跃起又落下,沉思地吟诵着它们如音乐般的咒语。绵绵细雨,柔柔微雨,同样地倾泻到戴了桂冠的和光着

---

① 原文为,porpoises in a sea of oil。

头的人们身上，这份公平显示如果真有雨神的话，这位神所想的正是：让这雨不仅赐给最最聪慧的、最最尊贵的人，也让所有呼吸空气、咀嚼五谷的生灵，无知的人，不幸的人，在炉子间里辛苦干活、烧满不计其数的一罐罐水的人，从弯弯扭扭的字句中挖掘出火红思想的人，还有巷子里的琼斯太太，让他们同享我的恩泽。

牛津也在下雨。细雨轻柔地、久久地落着，在雨槽里发出咯咯响声和咕噜冒气泡的声音。爱德华把身子探出窗外，能看到校园里的树木在雨中显得发白。四周一片寂静，只有树叶的沙沙声和落雨声。湿漉漉的地面上传来潮湿的泥土气息。一团昏暗的校园里四处正点起灯火；一个角落里的一处灰黄色土坡上，路灯照亮了一棵鲜花盛开的树。草地如水面一般，灰灰的，无形的流动着。

他心满意足地深吸了口气。一天的所有时光中，他最喜欢现在这个时刻，他站在这里，看着窗外的校园。他又深吸了一口清凉潮湿的空气，站直身子，转身回到了房间。他正在用功学习。在导师的建议下，他把一天的时间分割成了一个小时和半小时这样的片段；但他在重新投入学习之前还有五分钟时间。他打开台灯,绿色的灯光让他看起来稍有些苍白瘦削,他非常英俊。五官鲜明,漂亮的头发被他用手指朝上梳起,顶部蓬松,让他看起来就像是建筑装饰上的希腊少年。他微笑着。刚才看雨时,他想起父亲和导师面谈之后——老哈伯特尔说了:"你儿子有希望。"——老小孩坚持要找找看他自己父亲上大学时住过的房间。他们突然闯进房间时,正看到一个名叫汤普森的家伙跪在地上用风箱在吹火。

"我父亲住过这房间,先生。"上校说,表示抱歉。那年轻人满脸通红,说:"没事了。"爱德华笑了。"没事了。"他又说。该开始学习了。他把灯调高了一点。灯调高时,他看到面前的书本被一块明亮的光圈罩着,与周围的昏暗对比分明。他看着面前的课本和字典。在开始学习之前他总有一些疑惑。要是挂了科,他父亲准保会大发雷霆。他已经铁了心。上校给他送来十几瓶上好的陈年甜酒,"作为送行酒",父亲的原话。不管怎样,马斯汉姆很支持;还有那个来自伯明翰的聪明的犹太小男孩——得开始学习了。牛津的鸣钟开始一声声敲响,缓慢的钟声在空中推进。

钟声沉闷、不均匀，好像必须推开面前沉重的空气才能向前推进。他喜欢鸣钟的响声。他倾听着，直到最后一响，然后他把椅子拉到桌前；时间到了，他必须开始学习了。

他眉间出现一道尖细的凹痕。他读书时总会皱眉。他读着，做做笔记，又接着读。所有声响都被隔绝了。他只看得见面前的希腊文。他读着读着，头脑渐渐兴奋起来；他清楚地感觉到额头里有什么东西在逐渐活跃，在绷紧。他准确又自信地看出了一个个短语，他在书页空白处写下简短的批注，他注意到自己比头一天更准确了。微不足道的一个个小词如今都显现出了某种含义，改变了表达的意思。他又写下一个批注，是这个意思。他能灵敏地、恰到好处地捕捉到句中的短语，这让他感到一阵兴奋。就在那里，清清楚楚，完整无缺。他必须精准，就连他潦草书写的批注也必须如印刷体一般清晰。他翻看这本书，然后那本书。接着他靠到椅背上想着，闭着眼睛。他不能让任何东西缩小、变模糊。时钟敲响了。他倾听着。钟声继续敲着。他脸上雕刻般的线条松弛了；他往后一靠，肌肉放松了，他从书上抬起眼睛，看向一片昏暗。他感到自己好像在完成一场赛跑之后瘫倒在了草皮上。但一时间他觉得自己好像仍然在奔跑;没有了书,而他的头脑仍然在思考。他的头脑在纯粹的语意的世界里穿梭,没有障碍;渐渐地,它失去了自己的意义。书本立在墙上,引人注目;他看到奶油色的木镶板,蓝色花瓶里插着一束罂粟花。最后一声钟声敲响。他叹了口气,从桌旁站起身来。

他又站到了窗前。还在下雨,但那片白茫茫的景象已经消失了。除了偶尔可见的湿漉漉的叶片在发光,校园里此刻一片昏暗——那株鲜花盛放的树所在的黄色土坡也消失了。校园里的教学楼四处排开,一团团低矮地蹲伏着,有的染了红色,有的染了黄色,窗帘后点亮了灯光;那边的小教堂背后映着天空,挤作一团的一大块云,似乎在雨中微微颤抖。然而四周不再寂静。他倾听着,没有什么特别的声音;但当他看向窗外,整栋楼充满了生机勃勃的轰鸣。一会儿突然一阵大笑,一会儿一阵清脆的钢琴曲,然后是平淡寻常的谈笑声、说话声——还夹杂着瓷器的碰撞声;接着落雨声再次出现,雨槽吮吸着雨水发出咯咯声和咕噜冒气泡的声音。他转身回到了房间里。

已经变冷了,炉火也快熄了,只在灰烬下面还有一星儿红色。他及时地想起了父亲的礼物——早晨送来的红酒。他走到边桌旁,给自己倒了一杯甜酒。他举杯对着灯光,笑了。他又看到父亲握着酒杯的手,手上本该是两个手指的地方只剩下两个光滑的骨节,父亲总是在喝酒前,举杯对着灯光。

"如果你的血是冷的,你就不可能把刺刀刺进敌人的身体。"他记得父亲说。

"你不喝上一杯,就不能进考场。"爱德华说。他犹豫了一下,模仿父亲的样子举杯对着灯光。然后他抿了一小口。他把酒杯放在面前的桌上,又回到《安提戈涅》上。他读一会儿,抿一口,又读一会儿,又抿一口。一股柔和的灼热感从他的后颈向整个脊柱延伸。酒似乎将他的头脑里一扇扇分割空间的门都推开了。不知道是因为酒还是文字,或者二者都有,出现了一个发光的贝壳,一股紫烟冒起,从中漫步走出一个希腊少女。不过她是英国人。她一会儿站在大理石和百合花中间,一会儿又出现在莫里斯墙纸和橱柜当中——是他的表妹吉蒂,就像上次他在院长府邸吃饭时见到她的样子。她两者都是——既是安提戈涅,又是吉蒂;一会儿在书里,一会儿在房间里;闪闪发光,升起,就像一朵紫色的花。不,他喊道,一点都不像花!要是有哪一个少女亭亭玉立、充满活力、欢声笑语的,那就是吉蒂,穿着他上次在府邸吃饭看到她时的那身白色与蓝色相间的连衣裙。他走到窗前。树影中露出一块块红色。在院长府邸里正有聚会。她在和谁说话?说了些什么?他回到桌前。

"可恶!"他喊道,用铅笔戳着纸。笔尖断了。门上一声轻叩,是什么东西划过的轻拍声,不是命令式的敲门;是有人经过时的碰击声,而不是有人要进门的敲门声。他走过去打开了门。上面的楼梯上隐约有一个高大的年轻男子的身影,他正靠在楼梯扶手上。"进来吧。"爱德华说。

高大的年轻人慢慢走下楼梯,他十分魁梧。神采奕奕的眼睛看到桌上的书本,闪过一丝恐慌。他看着桌上的书。是希腊文。还好有酒。

爱德华倒了酒。在吉布斯身边,他看上去就像埃莉诺说的,显得"过分讲究"了。他自己也感觉到了这种对比。他举杯的手比起吉布斯那巨大的红色爪子来,就像女孩子的手。吉布斯的手像是烧焦的深红色,就像一块生肉。

打猎是他们俩共同的话题。他们谈论着狩猎。爱德华身子后靠着,任吉布斯喋喋不休地说着。听着吉布斯说话,好似乘马车在英格兰穿街走巷,真是怡人极了。他正谈着九月去猎幼狐,用一种粗制的很好用的耙子。他正说着:"还记得去斯特普利家,右边的那块农场吗?还有那个漂亮女孩?"他挤了挤眼,"更糟的是,她嫁给了一个门房。"他正说着——爱德华看着他一口吞下甜酒——他多希望这个该死的夏天已经结束。接着,他又一次讲起那个关于西班牙母猎犬的老故事。"你九月来和我们住一段时间。"他正说着,门悄悄地开了,吉布斯根本没听见。悄悄走进来了另一个男人,一个完全不一样的人。

进来的是安西里。他和吉布斯是两个极端。他不高不矮,不黑不白。但他并非平淡无奇,且远非如此。从某种程度上讲是他移动的方式,就像是桌椅会发射出某种电波,而他可以靠某种不可见的天线或是像猫一般的胡须,接收到这些信号。此时他小心谨慎地坐了下来,看了看桌子,扫了一眼书上的一行字。吉布斯正说到一半停下了。

"嗨,安西里。"他很随便地说。他伸出手,给自己又倒了一杯上校的甜酒。酒瓶空了。

"不好意思了。"他瞟了一眼安西里,说。

"别为了我再开一瓶。"安西里迅速说。他的声音听起来有些刺耳,好像不太自在。

"哦,不过我们也想再喝一点。"爱德华随意地说。他走进餐厅去拿酒。

"还真尴尬呢。"他俯身拿酒时想到。他在选酒时冷冷地想着,这表示又一场和安西里的不快;这个学期他已经因为吉布斯有两次跟安西里搞得不愉快了。

他拿着酒回去,坐到他们俩之间的一张矮凳上。他拔去瓶塞,倒了酒。他坐在中间,他们俩都钦慕地看着他。他的虚荣心——埃莉诺总是嘲笑他这一点——得到了满足。他喜欢感受到他们的眼光都在自己身上。可是他和他们俩在一起都很自在,他想;这想法让他高兴,他可以和吉布斯谈论狩猎,可以和安西里谈论读书。可是安西里只会谈论书本,而吉布斯——他笑了——只会谈论女孩子,女孩和马。他倒了三杯酒。

安西里谨慎地小口抿着,而吉布斯深红色的大手拿着酒杯,大口大口地吞着。他们谈论了比赛,又谈论了考试。然后安西里扫了一眼桌上的书本,说:

"你怎么样了?"

"没什么希望。"爱德华说。他不再那么无动于衷了。他假装看不起考试,但也只是假装而已。吉布斯被他蒙蔽,而安西里看穿了他。他常常发现爱德华身上像这样的小小虚荣心,但这只是让他更喜欢爱德华了。他看上去多么英俊,安西里想;他坐在他们中间,灯光落在他漂亮的发顶上;就像个希腊少年,强健,却有某种软弱的地方,需要自己的保护。

爱德华应该被从吉布斯这样的野蛮人身边解救出来,他狂躁地想。这个毛手毛脚的野蛮人,身上总是散发出啤酒和马的气味(他听爱德华说起过),安西里看着吉布斯心想,无法理解爱德华怎么能忍受这样的人。他进来时刚好听到的最后半句,令人怒火中烧——那句话表示他们定好了什么要一起度过的计划。

"那好,我会找斯托利要那个耙子。"吉布斯正说着,好像是在说完他进来之前他们一直在说的某个秘密的话题。安西里心头涌过一股妒忌。为了掩盖自己的心思，他伸出手，拿起一本摊开在桌面上的书。他假装在读书。

他这样做是为了激怒自己，吉布斯觉得。他知道，安西里认为自己是一个巨型野蛮人；这头脏兮兮的小猪崽闯了进来，毁了他们的谈话，然后又开始装作好得不得了，损害他吉布斯的形象。很好，他本来打算要走了，现在他要留下来；他要捉弄捉弄安西里——他知道怎么做。他转向爱德华，继续聊天。

"你不会在意像头猪一样过几天的，"他说，"我的人在苏格兰会照看好你的。"

安西里恨恨地翻了一页。他们又会单独在一起了。爱德华开始享受起这番情形，他开始不怀好意地迎合起来。

"行，"他说，"但你得小心，免得我做蠢事。"他又说。

"噢，就只是猎幼狐而已。"吉布斯说。安西里又翻了一页。爱德华瞥了一眼书。书都拿倒了。可当他一瞥的时候，看到安西里的头配着身后木镶板和罂粟花的画面。和吉布斯相比，安西里看上去真是文明、有教养，他想；

真是太讽刺了。他对安西里心生深深的敬意。吉布斯已经失去了魅力,他在那儿,又从头讲起西班牙母猎犬的老故事。明天肯定会大吵一架,他想,偷偷瞟了一眼手表。已经过了十一点,早餐前他还必须学习一个小时。他一口吞下最后几滴红酒,舒展了一下身子,夸张地打了个哈欠,站起身来。

"我睡觉去了。"他说。安西里恳求似的看着他。爱德华会狠狠折磨他。爱德华开始解开背心纽扣。他身材完美,安西里站在他们中间,看着他,想着。

"不过你们不用急,"爱德华说,又打了个哈欠,"喝完再走。"他想着安西里和吉布斯一起喝完酒的画面,笑了。

"要是还想要的话,里面还多着呢。"他指了指旁边的房间,离开了。

"让他们打一架分出胜负吧。"他关上卧室门时想。他自己的那场架也等不了多久了,他从安西里脸上的表情看出来了。安西里妒忌得发疯。他开始脱衣服。他把自己的钱整整齐齐地在镜子两侧各放了一堆,他是个对钱比较小气的人;他整齐地叠好背心放在椅子上,然后看了一眼镜子中的自己,用他姐姐讨厌的那种半梦半醒的手势,将发顶的头发朝上抓了抓。然后他倾听着。

外面的门砰地关上了。他们中有一个走了——不是吉布斯就是安西里。他想,还有一个在。他专心听着。他听到有人在起居室里活动。他迅速而坚决地转动了门上的钥匙。不一会儿门把手动了动。

"爱德华!"安西里说。他的声音低沉克制。

爱德华没回答。

"爱德华!"安西里说,晃动着门把手。

声音变得尖锐而似恳求。

"晚安。"爱德华尖声说。他听着。外面不响了,然后他听到关门的声音。安西里走了。

"老天!明天准保一场大闹。"爱德华说,走到窗前,看向外面仍在飘落的雨。

府邸里的聚会已经结束了。女士们身着飘逸的晚礼服,站在门口,抬头看着正飘着细雨的天空。

"那是夜莺吗?"拉朋特太太听到灌木丛中一只鸟儿的叽啾声,说道。老刹弗——伟大的安德鲁斯博士——站在稍后一点，球形的脑袋露在微雨中，他那毛乎乎的脸显得强劲有力却不讨人喜欢，他仰面大笑起来。那是只画眉，他说。这笑声从石墙那边反射回来的回音，听起来像是土狼在笑。拉朋特太太像是碰到了装饰教学楼横梁上的粉笔印子一样，蓦地退了半步，扬了扬手——这是流传了几个世纪的传统，示意莱瑟姆太太，她是神学教授的夫人——应走在她前面，然后他们一个个走进了雨里。

府邸的长客厅里，他们全都站着。

"我很高兴，刹弗——安德鲁斯博士——没让你们失望。"马隆太太正彬彬有礼地说着。作为本地人，他们称博士为"刹弗"；而对美国客人，他是安德鲁斯博士。

别的客人已经离开了。而美国客人霍华德·福里普夫妇会在此住宿。霍华德·福里普太太正说着她觉得安德鲁斯博士别具魅力。而她丈夫、教授先生，正对着主人说着同样的客套话。他们的女儿吉蒂站在后面一点的地方，暗自希望他们能赶快结束，能回房睡觉。但她不得不站在那儿，等到母亲示意他们可以离开。

"对，我从没见过刹弗的状态这么好。"他父亲接着说，暗示着对这位小个子美国女士的恭维,恭维她打了一个胜仗。她娇小活泼,刹弗就喜欢娇小活泼的女子。

"我特别喜欢他写的书。"她说,声音里带着古怪的鼻音,"但我没想到能有幸在晚餐时坐在他旁边。"

你真喜欢他说话时唾沫横飞的样子吗?吉蒂看着她,心想。她非常漂亮,欢声笑语的。在她身边,别的女人都看起来邋遢又丑陋,除了她母亲。马隆太太,站在壁炉旁,脚搁在围板上,白头发硬硬地卷曲着,从来都是看起来既不时髦也不会过时。而福里普太太恰好相反,看起来非常时尚。

可她们取笑她,吉蒂想。她无意中看到牛津的太太们听到福里普太太的美国英语之后挑眉毛的样子。但吉蒂喜欢她的美式英语,那些用语和自己听惯用惯的那些是如此不同。她是美国人,一个真正的美国人;可没人会把她丈夫当作美国人,吉蒂看着他时,想。他可能是任何一个教授,来自任何一所大学,她想,特别是看他那满是皱纹的脸、他的山羊胡子、他眼镜上的黑丝带垂在衬衣前胸,像是定制的外国货。他没有口音,至少没有美国口音。不过不知怎么他还是显得有些不一样。她的手帕滑落了,他立刻俯身拾起来,还给她深鞠一躬,显得太过殷勤——这让她感到很不好意思。她拿回手帕时,垂着头,对着教授一笑,很腼腆的笑。

"十分感谢。"她说。他让她觉得很难堪。在福里普太太旁边,她觉得自己比平时更高大了。她的头发,是真正的里格比家族的红色,从来都不会像应该的那样服服帖帖;而福里普太太的头发看上去漂亮整洁,有光泽。

这时马隆太太看了一眼福里普太太,说:"好了,女士们——?"说着挥了挥手。

她的动作带有一种权威,就好像这样的动作她已经做了很多次,而且每次都得到了服从。他们向门口走去。今晚在门口进行了一场小小的仪式;福里普教授深深弯腰握着马隆太太的手,而握吉蒂的手时没弯得那么深,然后他打开门,为她们扶着门。

"他真是有点过了。"他们一个个出门时,吉蒂心想。

女士们手持蜡烛,一列纵队走上宽宽的矮台阶。他们上楼时,凯瑟琳学院历届院长的画像低眉注视着他们。他们一级一级登上楼梯，烛光在金色画框框住的一张张昏暗的脸上闪烁。

吉蒂跟在最后，心想，现在她会停下来，问那是谁。

但福里普太太没有停下。吉蒂为此给她加了不少分。她比大多数访客都要好，吉蒂想。今天早上参观伯德林图书馆，吉蒂从来都没有这么快就参观完毕。事实上，她感觉还有些歉疚。要是他们想看的话，其实还有许多风景名胜可以看。可是不到一个小时，福里普太太就转向吉蒂，用她那迷人的鼻音说：

"噢，亲爱的，我觉得你大概看风景有点看腻了——我们到那个带飘窗的可爱的老面包店吃点冰激凌怎么样？"

就这样，本该在参观伯德林图书馆的时候，他们去吃了冰激凌。

队伍此时到了第一处楼梯平台，马隆太太停在那个有名的房间门口，这里是贵宾们通常在府邸留宿时过夜的房间。她推开门，扫视了一圈。

"那是伊丽莎白女王没睡过的床。"她说，这是他们看到那张大四柱床时常开的玩笑。炉火正燃着；水罐上缠着布条,就像一个牙疼的老妇人;梳妆台上点着蜡烛。不过今晚这房间有些奇怪,吉蒂越过母亲的肩膀瞥了一眼,想着。床上铺着一件晨衣,闪着绿色、银色的光。梳妆台上有好些小罐子瓶子,还有一个沾了些粉色的粉扑。有可能是这个原因吗,所以福里普太太才看起来如此明艳照人,而牛津的太太们看起来那么邋遢,原因正是福里普太太——马隆太太说话了:"你都还满意吧?"有礼貌到了极点,让吉蒂猜想马隆太太一定也看到了梳妆台。吉蒂伸出手。没想到的是福里普太太没有握她的手,而是把她拉过去,亲了她一下。

"谢谢你带我四处游览,千谢万谢。"她说,"记住,你要来美国和我们待在一起。"她又说。她喜欢这个高大腼腆的女孩子,比起领她游览伯德林图书馆,这个女孩显然更喜欢去吃冰激凌;而且不知怎么回事,她也为女孩感到可惜。

"晚安,吉蒂。"她关上门时她母亲说。她们俩敷衍地碰了碰脸颊。

吉蒂继续上楼去她自己的房间。她仍然能感觉到福里普太太亲吻她的地方,在她脸颊上留下了一小块灼热。

她关上门。屋里很闷热。晚上很暖和,但他们总是关上窗户,拉上窗帘。她打开窗,拉开窗帘。外面照常在下雨。雨点似银色的箭头穿过校园里昏暗的树木。她踢下了鞋子。个子高大最糟的地方就是,鞋子总是太紧,尤其是白色缎面鞋。她接着开始解开裙子的钩扣。实在不容易,有那么多钩扣,而且都在背后;不过终于白色缎面连衣裙脱了下来,整齐地平铺在椅子上。她开始梳头发。这是最糟糕的星期四了,她想着;早上游览,中午陪着吃饭,和本科生喝下午茶,晚上是晚宴。

不过,她用力用梳子梳顺头发,总结道,总算是结束了……结束了。

烛光摇曳,细棉布窗帘突然被吹得鼓起一大块,像一个白色气球,差点点着了火苗。她吓了一跳,睁开了眼。她站在开着的窗前,穿着衬裙,火光就在她旁边。

"随便谁都可能朝里面看的。"母亲前几天才责骂过她。

她把蜡烛移到右边的桌上,心想,这下没人会朝里面看了。

她又开始梳头。现在灯光在侧面,而不是在跟前,所以她从另一个角度看到了自己的脸。

我漂亮吗?她问自己,放下发梳,看着镜子。她的颧骨太高,眼睛分得太开。她不漂亮,不,她的个头也对她不利。福里普太太怎么看我呢?她想。

她亲吻了我,吉蒂突然记了起来,感到一阵愉悦,脸颊上又感到了那块灼热。她邀请我和他们一起去美国。那该多有意思啊!她想。离开牛津去美国,太有意思了!她用力梳着头发,她的头发就像一片毛茸茸的灌木丛。

鸣钟又开始照常骚动起来了。她讨厌钟声;那声音听起来总是十分阴沉,而且一声刚停,另一声又开始响起。钟声重重敲响,一声紧接一声,一声盖过一声,仿佛无止无息。她数着,十一、十二,接着十三、十四……穿过细雨飘落的潮湿空气,一座又一座的时钟敲响了。很晚了。她开始刷牙。她看了一眼洗手台上方的日历,撕下了星期四,揉成一团,好像在说:"结束了!结束了!"面对着她的是大大的红字"星期五"。星期五不错,星期五她到露西那儿上课,和罗伯森一家一起吃晚饭。"有事可做的人是有福的人。"日历上写着。日历总像是在和你说话。她的事儿还没做完。她瞥了一眼一排蓝色的书——《英国法律历史》，安德鲁斯博士著。第三卷里夹了张纸条。她本该为露西读完这一章，可是今晚不行了。今晚她太累了。她转向窗户。从本科生的住宿楼那边飘来一阵笑声。他们在笑什么，她站在窗边想着。听起来他们好像玩得很开心。他们到府邸来喝茶的时候从不会笑成那样，她想，笑声渐渐平息了。贝列尔学院来的那个小个子男生总是坐在那儿，拧着手指，拧他的手指。他不说话，也不离开。她吹熄了蜡烛，上了床。我倒还挺喜欢他，她想，在凉凉的床单上舒展开身体，虽然他在那儿拧手指。至于托尼·阿希顿，她想着，拍了拍枕头，我不喜欢他。他总是像在审问她关于爱德华的事，她想起，埃莉诺总叫爱德华"小黑鬼"。他的眼睛挨得太近。有点像理发师用来放假发的模特头，她想。那天野餐的时候他跟着她——野餐时蚂蚁爬到莱瑟姆太太的裙子里去了。他总是在她旁边。可她并不想嫁给他。她不想当一个大学教师的太太，在牛津住一辈子。不，不，不！她打了个哈欠，拍拍枕头，听着一声迟来的钟声，那钟声就像一只海豚缓缓穿过空中密密实实的毛毛细雨,猛冲而来,她又打了个哈欠,睡着了。

雨不停地下了一整夜,原野上形成一层淡淡的薄雾,雨槽里咯咯作响,发出咕噜冒气泡的声音。雨滴落在花园里紫丁香和金链花的花丛上;轻轻滑过图书馆装饰花窗的圆屋顶,从滴水嘴兽大笑着的嘴巴里冲溅而出;飞溅到来自伯明翰的犹太男孩的窗上,他头上裹着湿毛巾,正在突击学习希腊语;飞溅到马隆博士的窗上,他正挑灯夜战,为学院有纪念意义的历史又写下了一章。吉蒂的窗外,府邸的花园里,雨水冲刷着那棵古树,三百年前国王和诗人们曾在树下饮酒交谈,如今这棵树已经半倒着,树干正中用一根杆子支撑着。

"要雨伞吗,小姐?"西斯科克说,递给吉蒂一把雨伞。第二天下午,吉蒂离家的时间比预计的晚了。空气中有一种寒意,她看到一群人穿着白色和黄色的连衣裙,抱着靠垫,向河边走去时,感到庆幸,自己今天不用去坐船了。今天没有聚会,她想,今天没有聚会。不过钟声告诉她,她迟到了。

她大步流星地走着，直走到那片下等的红色别墅区，她父亲很讨厌这个地方，总会绕路避开这里。不过因为克拉多克小姐就住在这一片低廉红色别墅中的某一个，吉蒂看着它们都带着浪漫的光环。她拐过那座新的小礼拜堂，看到克拉多克小姐住的那幢房子的陡峭的门阶时，心跳加快了。每天露西就在这些台阶上上下下；那是她的窗户，那里是她的门铃。她拉门铃时，门铃一下子被拉了出来，而且没有弹回去，因为露西家的所有东西都破败不堪，但所有东西都那么浪漫。台子上放着露西的雨伞，也不像其他雨伞，这把伞的手柄上有一只鹦鹉的头。但当她走上陡峭灿烂的楼梯，心中的兴奋又开始混杂了担心；她这次又没好好用功，这个星期她又"没用心"。

"她来了！"克拉多克小姐想着，拿着笔的手停住了。她的鼻尖发红，眼睛像猫头鹰，眼圈发黄，眼睛深陷。门铃响了。笔尖蘸着红墨水，她正在批改吉蒂的文章。此时她听到楼梯上吉蒂的脚步声。"她来了！"她想，轻轻喘了口气，放下了笔。

"真是太抱歉了，克拉多克小姐。"吉蒂说，她放下东西，坐到桌子旁,"我们有客人留宿。"

克拉多克小姐用手轻抚了一下嘴巴,这是她失望时常有的动作。

"我明白了,"她说,"这么说你这个星期也没做什么功课。"

克拉多克小姐拿起笔,蘸了蘸红墨水。然后她转向了那篇文章。

"都不值得批改。"她评论道,笔停在了空中。

"十岁的孩子都会为它感到羞愧。"吉蒂的脸涨得通红。

"奇怪的是,"课上完了,克拉多克小姐放下笔,说,"你脑子里还真有些新颖的东西。"

吉蒂的脸因为高兴又涨得通红。

"只不过你从来不用,"克拉多克小姐说,"为什么你不用它?"她又说,漂亮的灰眼睛盯着吉蒂。

"是这样的,克拉多克小姐,"吉蒂迫不及待地说,"我母亲——"

"唔……唔……唔……"克拉多克小姐制止了她。马隆博士可没付钱要她保守秘密。她站起身来。

"看看我的花。"她说,感到自己对吉蒂的斥责有点太严厉了。桌上有一盆鲜花,蓝色和白色的野花,插在一块湿漉漉的绿色苔藓上。

"我姐姐从荒野送来的。"她说。

"荒野?"吉蒂说,"哪个荒野?"她俯身轻柔地碰了碰小花。她多可爱啊,克拉多克小姐想;她对吉蒂充满了柔情。但我不会感情用事,她心想。

"斯卡伯勒的荒野。"她大声说,"要是你保持苔藓潮湿,但不要太湿,它们能保存好几个星期。"她又说,看着那些花。

"潮湿,但不要太湿。"吉蒂笑了,"在牛津岂不是很容易。这儿总在下雨。"她看着窗口。正下着不大不小的雨。

"我要是住那儿,克拉多克小姐——"她拿起雨伞,说。但她没说完。课上完了。

"你会发现很无聊的。"克拉多克小姐看着她说。她正披上斗篷。当然她披斗篷的样子看上去很可爱。

"我在你这个年纪的时候,"克拉多克小姐记起了自己教师的身份,接着说,"情愿付出任何代价,换取你拥有的这些机会,遇见你所遇见的这些人,认识你所认识的这些人。"

"老刹弗?"吉蒂说,记起了克拉多克小姐对那学识之光的深切仰慕。

"你这无礼的小家伙!"克拉多克小姐劝诫说,"他是当代最伟大的历史学家!"

"嗯,不过他从不和我谈历史。"吉蒂说,想起了膝头一只沉重的手那潮乎乎的感觉。

她迟疑了一下,但课上完了,别的学生要来了。她扫了一眼房间。一堆闪亮的练习簿顶上放了一碟橙子,还有一个看起来装着饼干的盒子。克拉多克小姐只有这一个房间吗?吉蒂想。她就睡在那个上面扔着披巾的笨重的沙发上?屋里没有镜子,吉蒂把帽子别在头发一侧,一边想着克拉多克小姐一定看不起时装。

可克拉多克小姐想的是,年轻可爱,能遇见精彩绝伦的男子,是多么美好啊。

"我要去罗伯森家吃晚餐。"吉蒂伸出手,说。内莉·罗伯森,是克拉多克小姐最喜欢的学生;她过去常说,这是唯一一个明白功课意味着什么的女孩。

"你走着去吗?"克拉多克小姐看着她的衣服,说,"还有点远呢,你知道。沿雷蒙路过去,要经过煤气厂。"

"嗯,走着去。"吉蒂握了握她的手,说。

"我这个星期会努力用功的。"她低眉看着克拉多克小姐说,眼里满是爱意和倾慕。接着她走下陡峭的楼梯,楼梯的油毯都散发着浪漫的亮光,她还瞟了一眼那把鹦鹉手柄的雨伞。

教授的儿子,没人叫他自己就主动做完事情,用马隆博士的话说,他的"表现最值得称赞"。他此时正在普雷斯特维奇排屋的后院里修补鸡笼。普雷斯特维奇排屋是一个东拼西凑的小地方。铁锤当、当、当,他在给溃烂的屋顶钉上一块板子。他的双手很白,不像他父亲的手,手指也很长。他并不喜欢自己做这些事情。但父亲星期天才修补了靴子。锤子又敲了下来。他卖力地干着活,把崩开了木头或冒在外面的亮闪闪的长钉子敲了进去。鸡笼已经腐烂不堪。他也讨厌母鸡,愚蠢的家禽,乱糟糟的一身羽毛,瞪着红红的小圆眼睛看着他。它们在小路上一路用爪子刨地,在床上到处留下一根根卷曲的羽毛,而床才是他更喜欢的。而且这里什么都不长。要养鸡又何必像别人一样去种花呢?门铃响了。

"该死!某个老女人要过来吃晚餐。"他说,手里的铁锤停住了;接着又敲到钉子上。

她站在台阶上,注意到廉价的蕾丝窗帘和蓝色、橙色的玻璃,吉蒂在努力回想父亲说过的关于内莉父亲的话。一个小个子女佣开门让她进去。吉蒂一站到女佣领她进去的房间,就想,我个子简直太大了。房间很小,塞满了东西。她看着壁炉架上的镜子里的自己,想着,我穿得也太好了。这时她的朋友内莉进来了。她矮矮胖胖的,大大的灰色眼睛上戴着钢框的眼镜,她穿着本色亚麻布的工装裤,似乎更增添了她不妥协的诚实的气质。

"我们在后屋用晚餐。"她说,上下打量着吉蒂。她刚才在干什么?为什么穿着工装裤?吉蒂想着,跟着她来到后屋,他们已经开始吃晚餐了。

"很高兴见到你。"罗伯森太太回过头,很正式地对吉蒂说。但似乎没人在见到她后表现出哪怕一点点的高兴。两个孩子已经开始吃东西了,手里拿着抹了黄油的面包片,但他们停住了,盯着吉蒂坐下。

她似乎一眼就把整个房间看了个全。房间里没什么东西,却显得拥挤。桌子太大,硬木的绿色长毛绒椅子,粗糙的桌布正当中缝补过,廉价的瓷器上印着鲜红的玫瑰花。她觉得灯光特别刺眼。从外面的花园里传来铁锤敲打的声音。她看向花园,那里面乱七八糟的,粗俗不堪,也没有花床;花园尽头有一个小棚屋,铁锤的敲打声就是从那里传来的。

他们也都很矮,吉蒂想着,瞥了一眼罗伯森太太。只有她的肩膀高过了茶具,但她的肩膀十分厚实。她有点像府邸的厨子比格,但比他更可怕。她朝罗伯森太太草草看了一眼,然后开始把手偷偷藏在桌布下面迅速地脱掉手套。可是为什么没人说话?她紧张不安地想。孩子们的眼光紧盯着她,眼神里带着隆重的惊异。他们如猫头鹰般盯着她,眼光上上下下,毫不畏缩。幸好他们还没来得及表示不满,罗伯森太太就厉声告诉他们,继续吃东西;然后抹了黄油的面包就慢慢地又移到了嘴边。

为什么他们不说点什么?吉蒂又想,瞥了一眼内莉。

她正想说话,只听到门厅里有雨伞捣地的声音;罗伯森太太抬起头,对她女儿说:

"爸爸回来了!"

紧接着一个小个子男人快步走了进来,他非常矮,身上的夹克好像本来是一件高腰短夹克,衣领是圆领。他还戴着一根很粗的银表链,像是男学生戴的。他的眼神敏锐犀利,长着粗硬的小胡子,说话带着奇特的口音。

"很高兴见到你。"他说,紧紧地握了握她的手。他坐下,往下巴下面塞了一张餐巾,这样餐巾这道坚硬的白色屏障就遮住了粗重的银表链。铁锤声当、当、当,从花园的小棚屋里传了过来。

"告诉乔晚餐在桌上。"罗伯森太太对内莉说。内莉刚拿进来一个碟子,上面盖着盖子。现在盖子拿开了。原来他们晚餐要吃的是炸鱼和土豆,吉蒂想。

而此时罗伯森先生已经把他那有些令人惊恐的蓝眼睛转过来,看着她。她等着他问:"你父亲怎么样,马隆小姐?"

但他说的是:

"你在跟露西·克拉多克学习历史?"

"是的。"她说。吉蒂喜欢他说露西·克拉多克时的口气,好像他很尊敬她。那么多大学教师都在嘲笑她。而且吉蒂也喜欢这种感觉,他让她感到自己并不是哪个特别的人的女儿。

"你对历史感兴趣?"他说,开始动手吃起鱼和土豆来。

"我喜欢历史。"她说。他明亮的蓝眼睛,直直地盯着她,眼神简直可以说有点凶狠,让她不得不用最简短的语言表达自己的意思。

"不过我懒得要命。"她加了一句。这时罗伯森太太有些严厉地看着她,用餐刀的刀尖挑了一片厚厚的面包给她。

不管怎么说,他们的品位真够糟糕的,她想,算作是对她感受到的故意冷落的一种报复。她盯着对面的一幅画——一幅风景油画,镶在一个沉甸甸的镀金画框里。油画两侧各放了一个蓝色和红色日本漆盘。所有东西都很丑陋,尤其是那些画。

"那是我们房子后面的荒野。"罗伯森先生看到她在打量画,就说。

吉蒂注意到他刚才说话时带着约克郡的口音。看到画之后他的口音加重了。

"在约克郡?"她说,"我们也是从那儿来的。我是说我母亲的家里。"她又说。

"你母亲的家?"罗伯森先生说。

"里格比。"她说,有点脸红了。

"里格比?"罗伯森太太抬起头,说。

"我在嫁人之前给某个里格比小姐干过活。"

罗伯森太太干过哪种活儿?吉蒂想知道。山姆解释道。

"我们结婚前我太太是厨娘,马隆小姐。"他说。他再次加重了口音,好像他觉得很自豪。我有个叔祖在马戏团骑马,她很想说,还有个姨妈嫁给了……这时罗伯森太太打断了她。

"霍利家。"她说,"两个很老的小姐。安小姐和玛蒂尔达小姐。"她的声音变轻柔了。

"不过她们肯定早就过世了。"她最后说。她第一次靠到了椅背上,搅了搅她的茶,就像农场里的老斯纳普,吉蒂想,一圈、一圈又一圈地搅动她的茶。

"告诉乔我们不给他留蛋糕了。"罗伯森先生说,给自己切了一片那个看上去坑坑洼洼的蛋糕;内莉就又出去了。花园里的铁锤敲打声停了。门开了。吉蒂的眼睛本来已经适应了罗伯森家里拥挤狭小的空间,这时突然吃了一惊。这小伙子在这个狭小的房间里如同巨人一般。他年轻英俊,进门时用手拂了拂头发,因为头发里刺了一根木屑。

"这是我们的乔。"罗伯森太太向他们介绍,"去拿茶壶,乔。"她又说。他立即照办了,好像已经习惯了。等他拿了茶壶回来,山姆开始拿鸡笼打趣他。

"你真是搞得太久了,儿子,修补个鸡笼而已。"他说。有些家里开的玩笑是吉蒂无法理解的,就像是修补靴子、鸡笼之类的。她看着他在父亲善意的玩笑下沉稳地吃着东西。他不像是伊顿或哈罗或拉格比或温切斯特的学生[①],也不像是会读书或会划船的料。他让她想起卡特家的农场帮工阿尔弗,她十五岁的时候阿尔弗在干草堆的阴影后面吻了她,老卡特拉着一头戴了鼻环的公牛突然出现,说:"住手!"她又低下了头。她情愿是乔吻了她;总比爱德华好,

---

① 这四个都是英国公学的名字。

她突然想到。她突然意识到自己的外貌装束,刚才她都忘了。她喜欢他。是的,她喜欢他们所有人,她想,非常喜欢。她感觉自己像是个摆脱了保姆掌控的孩子,一个人跑远了。

孩子们开始一片混乱地爬下椅子,晚餐结束了。她开始在桌子下面搜寻手套。

"是这个吗?"乔从地板上捡起手套,说。她接过手套,在手里揉成一团。

她站在门口时,他朝她阴沉地瞥了一眼。她美得惊人,他想,可是老天,她也太装腔作势了!

罗伯森太太领她到晚餐前她照过镜子的那个小房间。屋里塞满了东西,有几张竹制桌子、带黄铜合页的丝绒图书、壁炉架上歪歪斜斜的大理石角斗士、不计其数的油画……罗伯森太太正指着一个印了铭文的巨型银盘,那姿态活脱脱就是马隆太太指着盖恩斯伯勒的画作的样子——还说不准到底是不是盖恩斯伯勒的真品呢。

"是我丈夫的学生送他的盘子。"罗伯森太太指着铭文说。吉蒂开始拼读铭文。

"还有这个……"等她读完,罗伯森太太又指向一份镶了框的文件,活像在墙壁上写的字。

一直在背后无聊地把玩着表链的山姆,这时走上前来,用短粗的食指指着一幅画,画上是一个老妇人坐在摄影师的椅子上,看上去比真人的个头要大。

"我母亲。"他说,然后停下了。他古怪地轻声笑了笑。

"你母亲?"吉蒂重复道,凑近了去看。这个笨重的老太太,穿着她最好的衣服,僵硬地,摆着姿势,模样实在是再普通不过。不过吉蒂感觉这时候该说点恭维的话。

"你跟她很像,罗伯森先生。"她也只能想得出这句话了。事实上他们俩确实都有着同样坚定的面容,同样敏锐的眼神,而且都是极为平凡无奇。他又古怪地轻声笑了笑。

"很高兴你这样想。"他说,"把我们都拉扯大。没一个人能比得上她。"他又古怪地轻声笑了笑。

然后他转向他女儿,她已经进来了,正穿着工装裤站在那儿。

"没一个人比得上她。"他重复道,捏了捏内莉的肩膀。内莉站在那儿,父亲的手在她肩上,背后是祖母的画像。一股自怨自艾的情绪突然袭上吉蒂的心头。要是她能成为罗伯森这类人的女儿,她想,要是她能住在北部——然而很显然他们希望她离开了。屋里没人坐下,都站着。没人要求她留下来。当她说她得走了的时候,他们全都跟着她涌到了小门厅。她感觉他们全都想要去接着做他们本来在做的事情。内莉要去厨房清洗餐具什么的,乔要继续修补鸡笼,孩子们要被母亲安顿着上床睡觉,而山姆——他要做什么呢?她看着他站在那儿,戴着沉重的表链,就像男学生戴的那种表链。你是我见到过的最和善的人,她想,伸出她的手。

"很高兴认识你。"罗伯森太太很正式地说。

"希望你很快会再来。"罗伯森先生说,紧紧地握了握她的手。

"噢,我也很愿意!"她喊着,使劲儿握他们的手。他们知道她有多欣赏他们吗?她想说。他们会接受她吗,虽然她戴着帽子和手套?她想问。但他们全都动身干活去了。我要回家换衣服准备晚餐了,她想着,走下了窄窄的门阶,手里紧握着发白的羔皮手套。

太阳又散发着光芒,潮湿的人行道闪着微光,一阵风将别墅花园里的杏树湿漉漉的枝条吹起，小树枝和一簇簇花朵旋转着飘到人行道上，不能动弹。她在一个路口停了一下，她似乎也被抛到了她平常的环境之外。她忘了自己身在何处。天空被吹得干干净净的，一大片蓝色，一望无垠，似乎俯瞰着的不是此处的街巷楼房，而是广阔的原野，在那儿大风吹扫荒野，灰色卷毛的绵羊躲在石墙背后。她几乎能看到云朵飘过时荒野上一阵明亮一阵昏暗。

然而，再走了两步，这陌生的街道又变回她熟悉无比的街道了。她又回到这铺了石板的小巷子里，那边是摆放着青花瓷器和黄铜暖炉的老古玩店；再下一刻她就来到了这条有名的七曲八弯的街道，这里有各式圆屋顶和尖顶。太阳在街上投下一条条粗粗的光影。这里有出租马车、遮阳篷和书店；穿黑衣长袍的老人袍子里风鼓气涌；穿粉色、蓝色连衣裙的姑娘们婀娜漫步；戴草帽的小伙子们胳膊下夹着靠垫。一时间一切在她看来似乎都显得陈腐、无聊、空洞。平日里戴方帽穿长袍的本科生胳膊下夹着书，显得傻里傻气。面带凶相的老头五官鲜明，样子就如中世纪的神龙怪兽，刀砍斧削而成，显得极不真实。他们全都像化装打扮好了在表演各种角色,她想。此刻她站到了自家门前,等着管家西斯科克把脚从壁炉围板上拿下来,然后摇摇摆摆地上楼。你怎么就不能像个正常人一样说话呢?他接过她的雨伞,如往常一样嘟哝着天气时,她想。

她缓慢地走上楼,两条腿就像是灌了铅,透过打开的窗户和门,她看到平坦的草地、斜倚的树木、褪色的印花棉布。她跌坐到床边。屋里很闷热。一只绿头苍蝇一圈又一圈嗡嗡闹着;割草机在楼下的花园里嗡嗡地工作。远处的鸽子在咕咕低语——"鸽子咕咕,快来吃谷。鸽子咕咕……"她眼睛半闭着。她感觉自己好像坐在一个意大利小旅馆的阳台上。她父亲正把龙胆草压印在一张粗糙的吸墨纸上。下面的湖水在拍打着,令人头晕目眩。她鼓起勇气,对父亲说:"父亲……"他和蔼地抬起头从眼镜上方看她。他的拇指和食指间捏着那小蓝花。"我想……"她开始从坐着的栏杆上滑了下来。这时一声铃响。她站起身,走到洗手台边。内莉会怎么想呢,她想着,将擦得发亮的漂亮黄铜水罐倾斜着倒出水,把双手浸入了热水中。又是一声铃响。她走到梳妆台前。从外面花园里传来的空气里充满了温声细语。木屑,她拿起梳子时想到,他头发上有木屑。一个仆人经过,头上顶着一叠锡盘子。鸽子在咕咕叫着,"鸽子咕咕,快来吃谷。鸽子咕咕……"这时晚餐铃声响起。不一会儿她已经盘好了头发,扣好了裙子,跑下光滑的楼梯时,她把手放在栏杆上跟着滑动,就像她小时候匆忙时常做的那样。他们都到了。

她父母都站在门厅里。一个高个子男人和他们在一起。他的长外衣飘扬了起来,最后一抹余晖照亮了他亲切、有权威的脸。他是谁?吉蒂想不起来。

"我的天!"他喊道,抬头倾慕地看着她。

"是吉蒂,不是吗?"他说。他拿起她的手,握了握。

"你长大了好多!"他叹道。他看她的样子仿佛看的不是她,而是他自己的过去。

"你不记得我了?"他又说。

"钦卡奇可[①]!"她喊道,记起了一些童年的事。

---

① 美国作家詹姆斯·费尼莫尔·库柏的系列小说《皮袜子故事集》中的人物。

"他现在是理查德·诺顿爵士了。"她母亲说,骄傲地在他肩上拍了拍。然后她们转身走开了,因为先生们在大厅用餐。

真是乏味,吉蒂想;盘子里的菜都半冷了。面包不新鲜了,她想,切成一个个瘪塌塌的小方块;普雷斯特维奇排屋里的欢乐还在她的眼前和耳边。她环顾四周时,也承认府邸里的瓷器、银器显得十分高档;而那里的日本漆盘和画作丑得吓人,但这间餐厅,里面悬挂着攀藤植物和有裂纹的巨大油画,却显得十分昏暗。在普雷斯特维奇排屋,房间里光线很足,铁锤的敲打声当、当、当,仍然在耳边回响。她看向窗外花园里颜色正在褪去的植物。多少次她不断萌生和童年时相同的愿望,希望那棵树或者躺倒或者站直,而不是斜倚着。倒没有真正的下雨,但每当有风搅动月桂树上厚实的枝叶,一阵阵白雾就似乎在花园里飘来飘去。

"你没注意到吗?"马隆太太突然问她。

"什么,妈妈?"吉蒂问。她刚才没在注意听。

"鱼肉里有奇怪的味道。"她母亲说。

"我没注意。"她说。马隆太太继续和管家说话。菜盘被换走，另上了一道菜。吉蒂并不饿。她咬了一口端到她面前的绿色甜点，然后这顿不算豪华的晚餐——菜品是头晚的宴会上剩下的，成了女士们的晚餐——结束了，她跟着母亲到了客厅。

她们俩单独在客厅里时，房间显得非常空旷，但她们总是坐在那儿。墙上的画像似乎俯视着空空的椅子，而空荡的椅子似乎在仰视着画像。一百多年前掌管学院的老先生在白天时似乎了然无踪，到了点灯时刻就回来了。他面色沉静、坚毅，微笑着，特别像马隆先生，而已经有一个画框为马隆先生备好了，本来也会被挂在壁炉后面。

"偶尔有个安静的夜晚也算不错，"马隆太太说，"虽然福里普夫妇……"她戴上眼镜，拿起《泰晤士报》，声音消失了。这是她在一天工作后放松休闲的时刻。她扫读着报纸的各个栏目，强压住了一个小哈欠。

"他真是个有魅力的男人，"她翻看着出生公告和讣告，随口说道，"不大可能会把他当作美国人。"

吉蒂回过神来。她正想着罗伯森一家，而母亲谈论的是福里普夫妇。

"我也喜欢她，"她贸然说道，"她很可爱，不是吗？"

"唔，唔。我觉得她穿得太讲究了。"马隆太太干巴巴地说，"还有口音——"她浏览着报纸，继续说，"有时候我几乎听不懂她在说什么。"

吉蒂没说话。在这一点上她们看法不同，当然在很多事上她们都看法不同。

突然马隆太太抬起头来：

"没错，我今早刚好和比格说起。"她放下报纸，说。

"什么，妈妈？"吉蒂说。

"这个人——头条文章里的这个。"马隆太太说。她用手指点了点。"'我们有着世界上最好的肉类、鱼类和禽类，'"她读着，"'我们却无法从中获利，因为我们没有好厨师来烹饪它们'——这正是我今早和比格说的话。"她像平常一样轻轻叹了口气。每当想要给别人留下好印象——就像对这些美国人一样——就会出现状况。这次出问题的是鱼。她翻找着她的手工活儿，吉蒂拿起了报纸。

"头条文章。"马隆太太说。那个人说的几乎总是她心里想的东西，这让她在这个似乎正变得更糟糕的世界上感到安慰,给她一种安全感。

"在严格执行学校考勤制度——如今已经得到全面贯彻——之前……?"吉蒂读着。

"对,就是这个。"马隆太太说,打开她的手工盒子找剪刀。

"'学生们能够见识到大量的烹饪知识,尽管并不丰富,却带给他们基本的品位和认知。如今,他们除了读书、写字、算术、缝纫、编织,什么都没见过,什么都不会做。'"吉蒂读着。

"没错,没错。"马隆太太说。她展开一长条她正在做的刺绣活儿,她依照的是出自拉文纳①一座古墓的鸟儿啄食水果的图样。这是为备用的客房准备的。

这篇头条文章洋洋洒洒、华而不实,让吉蒂觉得很厌烦。她搜寻着报纸上的内容,想找点可能会让母亲感兴趣的小新闻。马隆太太喜欢在做手工时有人和她说话或者给她读

---

① 拉文纳(Ravenna):意大利艾米利亚—罗马涅区的一个城市,人口约有15万人。拉文纳不靠海,但可以由运河通到亚得里亚海。

点东西,夜复一夜,她的刺绣活儿把餐后的闲聊编织成令人愉快的和谐时光。说说话,缝几针,看看图样,换种颜色的丝线,再缝一会儿。有时候马隆博士大声朗读诗歌——蒲伯①、丁尼生②。今晚她希望吉蒂能和她好好说会儿话。但她已经越来越意识到和吉蒂的沟通变得困难。为什么呢?她瞥了吉蒂一眼。是哪里不对?她猜想着。她又轻轻叹了口气。

吉蒂翻看着大幅的报纸页面。绵羊得了血吸虫病;土耳其人想要宗教自由;大选正在进行。

"格拉德斯通先生——"她开口说。

马隆太太没找到剪刀,这让她有点烦闷。

"有可能又是谁拿走了?"她开口说。吉蒂伏到地板上找了找。马隆太太在手工盒子里搜寻着,接着她把手伸到坐垫和椅子框架间的缝隙里,结果不仅拿出来了剪刀,

---

① 蒲伯(Alexander Pope,1688—1744):英国最著名的诗人之一,也是18世纪初最重要的诗人。代表作有《批评论》《奥德赛》《田园诗集》等。
② 阿佛烈·丁尼生(Alfred Tennyson,1809—1892):第一代丁尼生男爵,英国桂冠诗人,也是英国著名诗人之一。

还拿出来一把已经不见了许久的珍珠母裁纸刀。找到了这个让她更烦闷了。这证明了埃伦从来没有好好整理过坐垫。

"在这儿,吉蒂。"她说。她们都不作声了。如今她们之间总是有种局促感。

"罗伯森家的聚会你玩得高兴吗,吉蒂?"她问,又继续做她的刺绣。吉蒂没有回答,她翻看着报纸。

"他们做了场实验,"她说,"电灯的实验。'可以看到,'"她读道,"'明亮的灯光突然散发出有力的光线,穿过水面直达到岩石。一切都被照亮,宛若白昼。'"她停下了。从客厅的椅子上,她看到从轮船上传来的亮光。这时门开了,西斯科克手拿托盘走了进来,托盘里放着一张字条。

马隆太太拿起字条,无声地读着。

"无须回信。"她说。从母亲的语调听来,吉蒂明白有事发生了。她坐在那儿,手里拿着字条。西斯科克关上了门。

"罗丝死了!"马隆太太说,"表姨罗丝。"

字条摊开在她的膝头。

"是爱德华写来的。"她说。

"表姨罗丝死了?"吉蒂说。片刻之前她想的还是一块红色岩石上的亮光。如今一切都变得昏暗。时间停顿了,一片沉寂。她母亲的眼睛里含着眼泪。

"正是孩子们最需要她的时候。"她说,把手里的针插进刺绣物件里。她开始慢慢把刺绣品卷起来。吉蒂叠起《泰晤士报》,放到小桌子上,她动作很慢,免得报纸发出噼啪声。她只见过表姨罗丝一两次。她感到无所适从。

"把我的记事簿拿来。"她母亲最后说。吉蒂拿来了。

"我们得推迟周一的晚餐。"马隆太太说,翻看着她记录的约定事项。

"莱瑟姆家的聚会在周三。"吉蒂小声说,看着她母亲身后。

"我们不能把所有约会都延期。"母亲尖利的说。吉蒂感到自己受到了指责。

还得写信通知别人。她在母亲的口述下写着。

为什么她总想要推迟所有的约会?马隆太太看着她写,心里想着。为什么她不再喜欢和我一起出去。她匆匆翻看着女儿拿给她的写好的字条。

"你为什么不能对这里的事更用点心呢,吉蒂?"她把字条推开,急躁地说。

"妈妈,亲爱的——"吉蒂说,她不想像平时那样争吵。

"你到底想做什么呢?"她母亲坚持说。她已经把刺绣活儿放到了一边,她坐直了,看上去很有些让人畏惧。

"你父亲和我只希望你能做你想做的事。"她继续说。

"妈妈,亲爱的——"吉蒂又说。

"如果你不想帮我的话,你可以帮帮你父亲。"马隆太太说,"爸爸那天告诉我,你现在也不再去找他了。"吉蒂知道,妈妈指的是他的学院历史。他曾提议过她可以帮帮他。她又看到墨水在流淌——她的胳膊笨拙地一扫——流淌过五代牛津人,把她父亲精推细敲、辛苦写作了相当时日的成果全都抹去了;她能听到他一边铺上吸墨纸,一边带着惯常的谦恭的讽刺说道:"老天爷从没想过让你成为一个学者,亲爱的。"

"我知道,"她歉疚地说,"我最近没到爸爸那里去。不过总是有事——"她犹豫着。

"那是自然,"马隆太太说,"像你父亲这个位置的人……"吉蒂没说话。她们俩都无言地坐着。她们都不喜欢这种小争吵,都讨厌这种不断再现的场景,可是这些似乎都是不可避免的。吉蒂站起身来,拿起她写好的信,放到了门厅。

她想要什么?马隆太太心想,抬头茫然看着墙上的画。我像她这个年纪的时候……她想着,笑了。她还清楚记得像这样的春夜在约克郡,坐在家里,离任何地方都有好几英里之遥。你可以听到几英里外马路上的马蹄声。她还记得自己猛拉起卧室窗户,向下看着花园里黑乎乎的灌木丛,大声喊着:"这就是生活吗?"到了冬天下雪的时候,她还能听见花园里雪块从树木上突然落下的声音。而吉蒂在这儿,住在牛津,住在世界的中心。

吉蒂回到客厅,微微打了个哈欠。她把手抬到脸边,做了个无意识的疲乏的姿势,这让母亲心里一动。

"累了吗,吉蒂!"她问,"真是漫长的一天,你的脸色不太好。"

"你看上去也很疲惫。"吉蒂说。

一阵阵钟声透过潮湿沉重的空气传来,一声接着一声,一声盖过一声。

"去睡觉吧,吉蒂。"马隆太太说,"听!十点钟了。"

"你不去睡觉吗,妈妈?"吉蒂站在椅子边,说。

"你父亲还不会马上回来呢。"马隆太太说,又戴上了眼镜。

吉蒂知道试图说服她也是无益。这是她父母的生活中一个神秘的仪式。她俯身敷衍地轻触了一下母亲的面颊,这是她们俩唯一的亲密表示。虽然她们非常喜欢对方,虽然她们经常吵架。

"晚安,睡个好觉。"马隆太太说。

"我可不喜欢看到你的红脸蛋没了颜色。"她又加了一句,破例伸出胳膊抱了抱吉蒂。

吉蒂走后她静静地坐着。罗丝死了,她想——罗丝跟她差不多的年纪。她又看了一遍字条。是爱德华写来的。她沉思着,爱德华,爱上了吉蒂,但她不知道自己是否愿意让女儿嫁给他。她想着,拿起她的针线。不,爱德华不行……年轻的拉斯瓦德爵士……这应该是桩不错的婚姻,她想,倒不是我希望她拥有财富,也不是说我在意社会地位,她想着,给针穿上了线。不是,但他可以给她她想要的东西……是什么东西呢?……是眼界,她认定,开始缝起来。她的思绪再次转到罗丝身上。罗丝死了。罗丝和自己差不多的年纪。那天一定是他第一次向罗丝求婚,她想,我们在荒野上野餐的那天。那是个春日。他们坐在草地上。她能看到罗丝漂亮的红发上戴着一顶黑帽子,上面插着一根雄鸡羽毛。她还能看到艾贝尔骑马过来时罗丝脸上的潮红,看上去十分可爱——艾贝尔的到来令他们出乎意料,因为他的驻地在斯卡伯勒,那是他们在荒野上野餐的那天。①

阿伯康排屋的房子里十分昏暗。里面散发着春花强烈的香味。此时在门厅的桌上已经堆起了一个又一个的花圈,有好几日了。所有的窗帘都拉着,在微暗中,鲜花闪着微光;门厅里散发着暖房般的强烈气息。花圈一个接一个不停地送来。有百合花,花瓣上带着一条条金色;有的花萼上带着斑点,粘着花蜜;白色郁金香、白色丁香花——各种各样的鲜花,有的花瓣如丝绒般厚实,有的花瓣透明、

---

① 此段中的罗丝均指艾贝尔太太。

薄如纸；全是白色的，扎成一束一束的，头挨着头，扎成圆形、椭圆形、十字形，总之看起来绝不像花。花圈边附着镶黑边的卡片："布兰德少校及夫人沉痛悼念""埃尔金将军及夫人致以慰问""苏珊悼念最亲爱的罗丝"。每张卡上都写着一句话。

此时灵车已经到了门口，门铃又响了。一个信差送来了更多的百合花。他站在门厅，举帽致意，因为男人们正抬着灵柩艰难地走下楼梯。罗丝①一身素黑，在保姆的提示下，走上前去，把她手里的一小束紫罗兰放到灵柩上。但当灵柩在怀特莱斯的雇工们倾斜的肩膀下摇摆着移往被阳光照亮的灿烂台阶时，紫罗兰滑落到了地上。一家人跟在灵柩后面。

这是个阴晴不定的日子，一片片云影掠过，明亮的阳光投下灿烂的光辉。出殡的队伍缓慢地行进着。迪利亚和米莉、爱德华坐进了第二辆马车，她注意到对面的宅子都关上了窗帘，以示哀悼，但有一个用人在偷看。她也注意

---

① 此处罗丝为女儿罗丝。

到其他人似乎都没有看见她，他们都在想着母亲。他们进到主街后加快了速度，因为到公墓还有很长一段距离。透过百叶窗的缝隙，迪利亚看到有狗儿在玩耍，乞丐在唱歌，灵柩经过时人们举帽致意。但当他们坐的马车经过之后，他们又都戴上了帽子。人行道上，男人们随意、轻快地走着。商铺里已经摆上了春装，洋溢着欢快的氛围；女人们停下来，看向橱窗里面。但他们整个夏天都只能穿黑色的衣服了，迪利亚想着，盯着爱德华墨黑的长裤。

他们几乎没有开口说话，即使有也只是客套的几句，仿佛他们已经正式开始了葬礼仪式。他们之间的关系不知怎么已经改变了。他们变得更加体贴周到，也变得多了些权力，好像母亲的过世让他们肩上担负起了新的责任。但是其他几个都知道该如何行事，只有她必须努把力才行。她一直置身事外，父亲也是，她想。马丁突然在下午茶时爆发出大笑，然后停下，面带愧疚，她觉得，如果我们都诚实的话，爸爸也应该那么做，我也应该那么做。

她又瞥了一眼窗外。又有一个人举起了帽子——一个高高的、穿着长礼服的男人，但她不允许自己在葬礼结束前想起帕内尔先生。

最后他们到了公墓。她在灵柩后面的小小人群中找到自己的位置,一起向教堂走去,她欣慰地发现自己心里充满了某种模糊的庄重的情感。人们站在教堂的两侧,她感到他们的眼光都在自己身上。仪式开始了。牧师,也是一位表亲,宣读悼文。头几句话倾泻而出,美丽非凡。迪利亚站在父亲身后,注意到他在努力打起精神,摆正肩膀。

"复活在我,生命也在我。"

这些日子以来她一直被禁锢在这半明半暗、满是花香的房子里,此时这些直言不讳的词句让她满心狂喜。她能够真真切切地感觉到,这也是她在心里想过的话。可是,当表亲詹姆士接着读下去,有些东西溜走了。她的感觉模糊了。她没法理解接下来的话。接着在悼词中间再次迸发出熟悉的优美。"如草叶倏然而逝,晨时碧绿茁壮,夕时刈割枯萎。"她能感受到其中的美丽,如音乐一般。可读到这时表亲詹姆士似乎匆忙起来,好像他对自己读的东西并不怎么相信。他仿佛从已知走向了未知,从相信走向了怀疑,就连他的声音都变了。他看起来干干净净的,就像他身上的长袍一样平整挺括。可他说着的话究竟是什么意思呢?她放弃了。一个人或者理解,或者不理解,她想。她的思绪游荡起来。

但是在结束之前我不会想他的,她看到在身边一个平台上站着的一个高个子男人举起了帽子,她想。她把眼光凝聚到父亲身上。她看着他拿着一大张白手帕,在眼睛上拍了拍,然后放回了口袋;接着他又抽出手帕,又轻轻拍了拍眼睛。说话声停止了,他最终把手帕放进了口袋。他们全家人——小小的一群人,再次在灵柩后聚集起来,两侧的黑衣人站起身来,看着他们,让他们先走,然后跟在后面。

柔和潮湿的空气再次将含有叶香的气息吹送到她脸上,她感到一种慰藉。然而她又到了外面,她又开始注意到各种东西。她注意到送葬队伍的黑马用蹄子刨着地面,在黄色碎石路上刨出一个个小坑。她想起她听说过葬礼上的马都来自比利时,都非常恶毒。它们的样子就很恶毒,她想;它们的黑脖子上满是星星点点的白沫——她又回过神来。他们拖拖拉拉地一两个人为伍地沿小路走着,直到来到一个新挖出的黄土堆，旁边是一个深坑；她再次注意到挖墓的人站在稍远稍后的地方，手里握着铁锹。

  有一会儿什么都没发生，人们陆陆续续地到来，找好自己的位置，高高低低地站着。她看到一个看上去穷困破烂的女人在外围徘徊，她努力回想是否是某个老仆人，但想不出一个名字。迪格比叔叔——父亲的弟弟，就站在她对面，双手端着他的高帽子，就像是端着一艘神圣的船舰、一个墓葬仪式的象征。有些女人在啜泣，但男人们没有；她注意到男人们是一种姿势，女人们又是另外一种。然后一切又从头开始了。精彩的音乐如一阵风般拂过："人为妇人所生。"葬礼已经重新开始了，他们再次聚集在一起，联合在一起。家人们朝墓边挤近了一点，紧紧盯着灵柩，灵柩光滑闪亮，装着黄铜把手，躺在土里，等着被永远地埋葬。它看起来太新了，不像要被永远埋葬的样子。她紧紧地盯着墓穴里面。母亲就躺在那儿，在那个棺材里——那个她曾如此爱过也恨过的女人。她感到眼前发花。她担心自己会晕倒，但她必须得看着，必须感受着，这是留给她的最后的机会了。泥土开始落到棺材上，有三颗小圆石落到坚硬发亮的表面上;土落下的时候,她被一种持续不断的感觉掌控,那是生与死交融、死化而为生的感觉。因为在她看着的时候,她听到了麻雀的叽啾声,一声快似一声;她听到远处车轮滚滚,一声响似一声;生活越走越近……

"我们衷心地感谢您,"那声音说道,"因为您愿意将我们的姐妹拯救出这悲惨的罪恶世界——"

天大的谎言!她心里喊道。该被诅咒的谎言!他从她心里抢走了唯一真实的情感,他毁了她唯一顿悟的时刻。

她抬起头来。她看到莫里斯和埃莉诺并肩站着,他们的脸模糊不清,鼻子发红,眼泪正在流淌。而她的父亲如此呆板僵硬,她简直要抑制不住大笑起来。没人会那样感觉的,她想。他做得太过了。我们没人有任何感觉,她想,我们全都在伪装。

人群开始动了起来,已经无须再强迫自己集中注意力了。人们朝不同方向漫步而去,现在也无须再组成队伍。三三两两的人们聚在一处,人们在墓冢间握手致意,有点偷偷摸摸地,甚至还笑着。

1880年

"你能来真是太好了!"爱德华说,和老詹姆士·格拉哈姆爵士握着手,爵士轻轻拍了拍他的肩膀。她是不是也该去感谢他呢?在墓地里很难去这么做。这已经成了一个被掩盖的、不那么明显的在墓地里的早晨聚会。她迟疑着——她不知道自己接下来该做些什么。父亲已经走了。她回头看着。挖墓的人已经走到了前面,他们正把花圈一个叠一个地整齐地堆起来;那个徘徊着的女人已经加入了他们,她正俯身看着卡片上的名字。葬礼结束了,天空正下着雨。

1891 年

秋风横扫英格兰。树叶从树上被撕扯下来，带着红色和黄色的斑点，翻飞着飘落，或者一圈圈地飘扬，直到最后停歇。在城镇里一阵阵风卷过街角，刮飞行人的帽子，高高掀起女人头上的面纱。财富正在快速流通。街上人潮拥挤。圣保罗大教堂旁的办公室里，办事员们的笔停顿在斜面写字台上的划线账页上。节假日之后工作不太容易。马尔盖特①、伊斯特本②、布莱顿③的阳光，已经把人们的皮肤晒成了古铜色或棕褐色。麻雀和椋鸟围绕着圣马丁教堂的屋檐飞着，发出刺耳的啁啾声，白色鸟粪弄脏了国会广场上手持铁杆或卷轴的雕像光滑的头。狂风跟着港口联

---

① 马尔盖特（Margate）：英格兰东部沿海城市。
② 伊斯特本（Eastbourne）：英国东萨塞克斯郡下的镇。现为一个有名的度假胜地。
③ 布莱顿（Brighton）：英国东萨塞克斯郡下的海滨小镇。以鹅卵石海滩闻名。

运火车,吹皱了英吉利海峡,吹落了普罗旺斯的葡萄,将地中海上正仰面躺在船上偷懒的年轻渔夫吹翻落水,他匆忙间抓住了绳索。

但是在英格兰北部,天气很冷。吉蒂——拉斯瓦德夫人,正坐在阳台上,她丈夫和西班牙猎犬的旁边,她将斗篷裹住了肩膀。她正看着山顶,上面是老伯爵立起的海豚形象的纪念碑,成了海上的轮船借以辨认方位的标志。树林里雾气缭绕。近处阳台上的女石像手里的瓮中插着深红色的鲜花。长长的花床直伸到河边,花床里火红的大丽花间飘过淡淡的青烟。"在烧野草。"她大声说。这时窗户上一声叩响,她的小儿子穿着粉色长外衣摇摇摆摆地走了出来,手上拿着他的斑点马。

在德文郡,圆圆的红色山丘和深邃的山谷囤积了海风,这里的树木上树叶仍然十分厚实——太厚了,休·吉布斯在早餐时说。太厚实了,不方便打猎,他说;他的太太米莉离开了,让他去开他的会。她胳膊上挎着篮子,沿着维护良好的碎石人行道向前走,人行道上正有一个女人带着孩子歪歪斜斜地走着。果园的墙上挂着黄黄的梨,果实十分饱满,将上面盖着的树叶都顶了起来。不过黄蜂们已经发现了它们——梨皮都被啄开了。她的手挨到果实,就停住了。遥远的树林里传来砰、砰、砰的声响。有人在打猎。

青烟笼罩了大学城的尖顶和圆屋顶。一会儿堵住了滴水嘴兽的出口,一会儿又挂在外皮剥落、露出黄色的墙面上。爱德华正在进行快速保健散步,留意着各种气味、声音和颜色;这显示了个人的观感是多么复杂。很少有诗人能够足够精炼地表达出这些感受,不过他想,希腊语或拉丁语中一定有些文字能够总结出这种对比——莱瑟姆太太从旁边经过,他举帽致意。

法院的庭院里,石板上的落叶干枯了,硬硬地支棱着。莫里斯正拖着碎步穿过落叶走去他的房间,雨槽的边上也散落着树叶。他想起了他的童年时光。肯辛顿花园里的落叶还未被践踏,孩子们跑过时踩着表面嘎扎嘎扎地响,他们拿起手里的铁环抄起一把树叶,撒落到薄雾缭绕的街面上。

狂风急速掠过乡野的丘陵,吹来一圈圈巨大的阴影,阴影又再次缩小变成绿色。在伦敦,街道使云朵变得更窄;

岁月

东区的河边聚集着浓雾,"收废铁——"的叫卖声显得十分遥远;在郊外,风琴声也变得柔和。风吹散了青烟——在每个后院里爬满常春藤的墙角下,还遮蔽着最后几株天竺葵,院子里堆起了厚厚的落叶;熊熊烈火的火舌在舔舐着它们——烟被吹散到街上,吹进早晨开着的客厅窗户里。因为此时是十月,一年之始[①]。

埃莉诺坐在写字台边,手里拿着笔。她用笔尖点了点马丁的海象背上墨迹斑斑的一片刷毛,心想,这可是真奇怪,这么些年这东西居然一直都是这样。这个结实的物件说不定比他们所有人都存活得久。就算把它扔了,它也会在某个地方一直存在下去。不过她从没把它扔掉过,因为它是其他东西的一部分——比如她母亲……她在吸墨纸上画着,一个点发射出许多线条。她抬起头来。他们在后院里烧野草,空中有青烟在飘动,刺鼻的气味,树叶在飘落。街上有手摇风琴在演奏。"在阿维尼翁桥上。[②]"她哼着,

---

[①] 伍尔夫认同英国古典学家、语言学家、古希腊宗教和神话研究者珍·哈里森(Jane Ellen Harrison)的说法。在古希腊,十月为一年的起始。
[②] 原文为法语,这是一首法文歌谣。

刚好赶上了调子。然后是什么?皮皮以前用一块滑腻腻的法兰绒擦洗她的耳朵时,就唱的这支曲子。

"隆、隆、隆,扑隆、扑隆、扑隆。"她哼唱着。曲调停了。风琴声已经走远了。她用笔蘸了蘸墨水。

"三乘以八,"她嘟哝着,"是二十四。"她果断地说,在账页最底下写了一个数字,然后将红色和蓝色的小账簿扫成一堆,抱着走向了父亲的书房。

"管家来了!"她进门时,他情绪不错地说。他正坐在皮扶手椅上,看着一份粉色的财经报纸。

"管家来了。"他又说了一遍,眼睛从眼镜上方向她看。他越来越迟缓了,她想;而她总是急匆匆的。但他们相处得特别好,简直就像兄妹一般。他放下报纸,走到写字台边。

我希望你能快一点,爸爸,她看着他打开存放支票的抽屉时缓慢从容的样子,心想。要不然我就会迟到了。

"牛奶价格很高。"他说,拍了拍那本镶着镀金奶牛的账簿。"没错。十月份就是鸡蛋了。"她说。

他从容缓慢地写着支票时,她环视着房间。这里就像一间办公室,放着一堆堆文件和保险箱,不像的是壁炉旁还挂着马嚼子,还有他在马球比赛上得的银奖杯。他是不是整个早上都坐在这里看财经报纸,考虑他的投资?她想。他写着停下了。

"你这会儿去哪儿?"他问,带着精明的微笑。

"去一个委员会。"她说。

"委员会。"他重复道,重重地、稳稳地签上名字。"唔,自己要硬气点,不要被人家压着,内尔①。"他在账本上写了一个数字。

"你今天下午和我一起去吗,爸爸?"他写完后,她说,"是莫里斯的案子,你知道的,在法院。"

他摇了摇头。

"不行,我三点要到市政厅。"他说。

"那就午餐时见。"她说,动身要走。但他伸出了手。他有话要说,但犹豫着。她注意到他的脸变得有些肥厚了;鼻子上有着细小的血管;他变得过于发红、过于厚重了。

"我在想要好好照顾迪格比一家。"他最后说道。他

---

① 埃莉诺的昵称。

起身走到窗边,看着外面的后院。她烦躁不安起来。

"落了这么多树叶!"他说。

"是的,"她说,"他们在烧野草。"

他站着,看了一会儿烟雾。

"烧野草。"他跟着说了一遍,停下了。

"是玛吉的生日。"他终于说了出来,"我在想给她送个小礼物——"他停住了。他的意思是他希望她去买,她知道。

"你想送她什么?"她问。

"唔,"他含糊地说,"漂亮可爱的东西,你知道——她可以穿戴的东西。"

埃莉诺回想着,玛吉,小表妹,她是七岁还是八岁?

"项链?胸针?或者类似的东西?"她迅速问道。

"是的,类似的东西。"父亲说,又在椅子上安坐下来,"可爱的小物件,她可以戴着的。"他翻开报纸,对她微微点了点头。"谢谢你,亲爱的。"她离开房间时,他说。

门厅的桌子上,装客人名片的银盘——名片有大有小,有的右角是折下的——和一块上校用来擦高帽子的紫色长毛绒抹布之间,躺着一封薄薄的信,来自国外,信封一角用很大的字体写着"英国"。埃莉诺匆匆跑下楼梯,经过时将信扫进了她的手袋。然后她用一种特别的四节拍的快步,跑过了排屋。在街角她停了下来,焦急地看着路上。在车水马龙中她辨认出了一个庞大的影子,谢天谢地,是黄色的;谢天谢地,她赶上了公共马车。她伸手招呼,上了公共汽车。她拉了拉皮质围裙,盖住了膝头,如释重负地叹了口气。现在就全靠司机了。她放松了下来,呼吸着伦敦温和的空气,愉快地听着伦敦平淡的喧闹声。她沿街看去,享受着满眼的出租马车、货车和四轮马车,它们全都朝着某个目的地驶去。她喜欢在夏季结束后,在十月又回到生活的熙熙攘攘之中,在此之前她一直在德文郡和吉布斯夫妇住在一起。想起妹妹和休·吉布斯的姻缘,看着米莉和宝宝们,她想,结果证明他们很幸福圆满啊。而且休——她笑了。他骑在一匹白色大马上,四处乱走,把地上的垃圾都踩得粉碎。不过那儿的树木、奶牛、小山丘都太多了,她想,却没有一座大山。她不喜欢德文郡。她很高兴回到伦敦,坐在黄色公共汽车上,包里满塞着文件,十月一切又都从头开始。车已经离开了住宅区,街边的房屋在变化,渐渐变成了商铺。这是她的世界,在这里她如鱼得水,适得其所。街道上人头攒动,女人们拎着购物篮子从商铺里涌进又涌出。这里有一种节奏,有一种韵律,她想,就像秃鼻乌鸦在原野里俯冲,飞起又落下。

她也是在奔赴工作——她转了转腕上的手表,却没看表。委员会之后,是达弗斯;达弗斯之后,是迪克逊。然后午饭、法庭……午饭、两点半法庭,她又重想了一遍。公共汽车沿着贝斯沃特路行驶着。街道看起来变得越来越贫困。

也许我不该把这份工作交给达弗斯,她心想——她想起了彼得街,他们在那儿修建了几所房屋,屋顶又在漏水,水池里有臭味。这时公共汽车停了;有人上下,车又继续前行——不过把它交给一个小人物,总比交给那些大公司要好,她想,看着一家大型商场巨大的玻璃窗。大商场旁边总是并排着小商店。这些小商店怎么能存活下来?她总是无法理解。但如果达弗斯——这时公共汽车停了,她抬头看了看,站起身——"如果达弗斯以为他能欺负我,"

她走下公共汽车时想,"那他就会发现自己错了。"

她沿着煤渣路快速走向他们开会的那个白铁皮棚屋。她来晚了,他们都到了。这是她假期后的第一次会议,他们都对她微笑着。贾德竟然把牙签从嘴里拿了出来——这表示对她的肯定,这让她有点受宠若惊。我们又都在这里了,她想着,在自己的座位上坐下,把文件放到了桌上。

但她的意思是"他们",不包括她自己。她并不存在,她一文不名。而他们都在那儿——布罗克特、卡夫内尔、西姆斯小姐、拉姆斯登、波特少校、拉曾比太太。少校苦口婆心地主持会议;西姆斯小姐(过去是磨坊帮工)散发出高人一等的气息;拉曾比太太主动提议给她的表亲约翰爵士写信,而退休店主贾德对此嗤之以鼻。她坐下时微笑着。米丽娅姆·帕里什在读信件。埃莉诺听着,心想,你为什么把自己饿个半死。米丽娅姆瘦得不得了。

米丽娅姆读信的时候,埃莉诺环顾着房间。这里办过一场舞会。红纸和黄纸的花彩横挂在天花板上。威尔士王妃的彩色图片在边角上装饰着黄色玫瑰花环,她胸前饰着一条海绿色丝带,膝头抱着一条圆滚滚的黄狗,肩头垂挂着打了结的珍珠。她带着一种平静、漠然的神态,是对他们意见相左的一种奇特的评判,埃莉诺想,是拉曾比夫妇所崇拜的,西姆斯小姐所嘲笑的,是贾德剔着牙齿、斜眉以对的一种态度。他曾说过,要是他有儿子的话,他会送他去上大学。等她回过神来,波特少校在对她说话。

"好了,帕吉特小姐,"他说,想把她也拉进来,因为他们俩处于相同的社会阶层,"我们还没有听到你的意见。"

她打起精神,开始陈述自己的意见。她确实有看法——非常确定的看法。她清了清嗓子,开始说起来。

飘过彼得街的青烟在房屋之间的狭窄空间里,已经浓缩成了一层精细的灰色面纱。不过两侧的房屋仍清晰可见。除了街道正当中的两栋房子外,其余的全都一模一样——灰黄色的方盒子,顶上是灰石板帐篷式屋顶。没有发生什么特别的事,只有几个孩子在街上玩耍,两只猫在用爪子从雨槽里掏着什么东西。有一个女人从窗口探出身来,这边瞧瞧,那边看看,眼光来来回回地扫视着街道,仿佛在每个缝隙里耙寻着吃的东西。她的眼睛充满了贪婪、渴望,就像是猛禽的眼睛,同时也显得阴沉、困倦,仿佛没有什么能满足它们的饥渴。无事发生,平安无事。她仍然用她那双懒散却不满足的眼睛来回仔细打量。一辆二轮马车在街角出现。她紧盯着马车。马车在对面的房屋前停下,那房子因为地基基石是绿色的,而且在门上方有一块印了向日葵的饰板,所以有些与众不同。一个戴花呢帽的小个子男人下了马车,轻敲起房门。门开了,开门的是一个身怀六甲的女人。她摇了摇头,前后看了看街上,然后关上了门。男人在门口等着。马儿好脾气地站着,弯着脖子,缰绳垂着。窗口出现了另一个女人,白白的脸,好多层下巴,下嘴唇像块板子似的凸着。两个女人并肩斜靠在窗外,看着那个男人。男人是罗圈腿,正在抽烟。她们相互间说了些什么关于那男人的话。他来回踱步,像是在等什么人。这时候他扔掉了烟头。她们盯着他看。接下来他会做什么?他会不会喂马儿吃食?这时一个高挑的女子身穿灰色花呢外套和半裙,急匆匆从街角走来;小个子男人转身,碰了碰帽边。

"对不起,我来晚了。"埃莉诺大声说。达弗斯用手碰碰帽子,亲切地微笑着,这笑容总是让她很愉快。

"没关系,帕吉特小姐。"他说。她总是希望他不会觉得她就是寻常的那种老板。

"现在我们就仔细检查一遍。"她说。她讨厌干这个,可这事非做不可。

楼下的房客汤姆斯太太开的门。

噢,老天,埃莉诺想,看着她围裙下的隆起,又有了,我跟她说的那些全白说了。

他们走过这栋小房子的一个个房间,汤姆斯太太和格罗夫太太跟在后面。这儿一个裂缝,那儿一块污渍。达弗斯手里拿了一根一英尺长的尺子,轻敲着石灰墙板。她任由汤姆斯太太叽里呱啦地说着话,心想,最糟的地方是,我就是忍不住喜欢他。很大程度上是因为他的威尔士口音,他是个迷人的无赖。他就条鳗鱼一样滑溜溜的,她知道;可是当他那样说话的时候,平稳单调的声调,让她想起威尔士的山谷……他在每一个问题上都欺骗了她。石灰墙板上有个洞,可以把手指头伸进去。

"看那个,达弗斯先生,那儿——"她说,俯身把手指伸了进去。他正在舔他的铅笔。她喜欢跟他一起到他的工场去，看他量木板和砖块；她喜欢他说话时用的那些技术词汇，那些很难的小词。

"现在我们上楼。"她说。她觉得他就像一只努力挣扎着要把自己拉出碟子的苍蝇。和达弗斯这样的小业主打交道总是不确定、有风险；他们可能挣扎出来，变成他们时代的贾德，把儿子送去上大学；而反过来他们也有可能陷进去，然后——他有太太、五个孩子；她在店铺后面的房间里见过他们，在地板上玩着棉线卷轮。她总是希望他们能请她进去……顶楼到了，老波特太太住在这里，她卧床不起。埃莉诺敲了敲门，用愉快的语调大声说："我们能进来吗？"

没人回答。老太太已经全聋了，他们进了房间。她像平常一样，没做什么，只是撑着身子斜靠在床角。

"我带达弗斯先生来看看你的天花板。"埃莉诺大声说。

老太太抬起头，像一只毛发蓬乱的猿猴开始用手扒拉起来。她疯狂地、怀疑地看着他们。

"天花板，达弗斯先生。"埃莉诺又说。她指着天花板上的一块黄色污渍。这房子才建好五年,就什么都需要修了。达弗斯推开窗户,探出身子。波特太太抓住了埃莉诺的手,就像是担心他们会伤害自己。

"我们是来看看你的天花板的。"埃莉诺很大声地重复。但这些话没有引起任何反应。老太太开始唉声叹气地诉起苦来。她吐出的一个个字汇集起来,形成了一支半是诉苦、半是咒骂的"赞美诗"。但愿上帝能带她离开。她说,每晚她都在哀求他让她走。她的孩子们都死了。

"早上我醒来时……"她又开始了。

"好了,好了,波特太太。"埃莉诺试图安抚她,但自己的手被抓得紧紧的。

"我求他让我走。"波特太太继续说。

"是雨槽里的树叶。"达弗斯缩回脑袋说。

"痛苦啊——"波特太太伸出双手,手上骨节突出、满是皱纹,就像盘结的老树根。

"好了,好了。"埃莉诺说,"但是在漏水,那就不光是落叶的原因。"她对达弗斯说。

达弗斯又探出脑袋。

"我们要让你更舒服一点。"埃莉诺对老太太大声说。她一会儿畏畏缩缩、说着奉承话,一会儿又拿手捂着嘴。

达弗斯又缩回了脑袋。

"你找到是什么问题了吗?"埃莉诺尖厉地问他。他正往小笔记簿上记着什么东西。她很想离开了。波特太太正叫埃莉诺抚摸她的肩膀。埃莉诺照做了,她的一只手仍然被抓着。桌上摆着药,米丽娅姆·帕里什每周都来。我们为什么要这样?她想。波特太太继续唠叨着。我们为什么要强迫她活着?她问,看着桌上的药。她再也忍不了了。她抽出手来。

"再见了,波特太太。"她喊道。她既是虚情假意的,又是真心实意的。"我们会修补你的天花板。"她喊道。她关上了门。格罗夫太太在她前面蹒跚着,要指给她看碗碟洗涤房的水池。她脏兮兮的耳朵后面垂着一束黄头发。要是我这辈子每一天都得做这些,埃莉诺想,跟着他们进了碗碟洗涤房,我就会跟米丽娅姆一样变成皮包骨头;还戴着一串珠子……那有什么用呢?她想,俯身去嗅水池里的气味。

"好了,达弗斯,"检查完毕后,下水道的气味还残留在她的鼻子里,她面向达弗斯,问道,"这个你建议该怎么办?"

她的怒火正在燃起,这主要都是他的错。是他骗了她。但当她站在那儿,面对着他,注意到他营养不良的小个子,还有他的领结爬到了衣领上面,她又感觉很不舒服。

他不安地扭着身子。她觉得自己快要忍不住发脾气了。

"你要是干不好的话,"她简短地说,"那我就找别人了。"她用的是上校女儿的语调,是她憎恶的中上层阶级的语调。她看到他在眼前变得阴沉起来。但她继续戳他的痛处。

"你应该对此感到羞愧。"她说。她能看出,这话震动了他。"早安。"她简单地说了句。

他讨好的笑容再也不能让她感觉舒服了,她注意到了这一点。但你就得威吓他们,否则他们就会看不起你,汤姆斯太太送她出去时,她这么想着。她再次注意到汤姆斯太太围裙下的隆起。一群孩子正在围观达弗斯的小马。但她注意到,他们没人敢去碰它的鼻子。

她已经晚了。她看了一眼那块赤褐色饰板上的向日葵。那象征着她少女情感的东西冷酷地让她感到好笑。她本来认为它代表了鲜花，代表了伦敦中心的绿地；但如今它已经开裂了。她又开始了她惯常的四拍子快走。这种步伐似乎打碎了这令人讨厌的外壳，摇晃着摆脱了老太太仍然抓在她肩膀上的手。她跑了起来，她左躲右闪。逛街的女人们挡住了她的去路。她冲进马路当中，在车马间挥舞着手。售票员看到了她，弯起手臂把她拉了上来。她赶上了公共汽车。

她踩到了角落里一个男人的脚趾，又摔到两个老妇人中间。她微微喘着气，头发也散了，跑得脸红心跳。她扫了一眼同车的人。他们看上去都正襟危坐，上了年纪，好似都打定了主意。不知怎的，她总觉得自己是公共汽车上最年轻的人，不过今天，因为今天和贾德的争吵她胜利了，她觉得自己长大了。公共汽车沿着贝斯沃特路前行，拉车的马匹构成的灰色线条在她眼前上下摇晃。商铺又变成了住宅，大房子和小房子，酒吧和私宅。一座教堂在增高它那用金银细丝装饰的尖顶，底下是各种管道、电线和排水管……她的嘴唇动了起来。她在和自己说话。到处都有酒吧、图书馆和教堂,她喃喃自语。

刚才被她踩了脚的男人打量着她,一看就懂的类型,拿着手袋,乐善好施,营养良好;老姑娘,处女,和她这个阶层的所有女人一样,冷漠;她的激情从来没被触碰过;然而也并非毫无魅力。她笑了起来……这时她抬头,碰到了他的视线。她在公共汽车上大声地自言自语。她必须得改掉这个毛病。她必须得等到晚上刷牙的时候。幸好公共汽车停了,她跳了下去。她开始沿着梅尔罗斯公寓快步走着。她感觉年轻,充满活力。从德文郡回来后,她对一切都感到新鲜。她极目遥望阿伯康排屋柱子林立的街景。这些房屋有着柱子和前院,看上去全都十分体面高档;在每一家的前厅里她都仿佛看见客厅女侍的手臂扫过餐桌,正在布置午宴。在几间屋子里已经有人坐下来开始吃午餐了;她可以透过窗帘间人字形的空隙看到他们。她自家的午餐她要晚了,她想着,跑上了前门门阶,把大门钥匙插进门锁。然后,就像有人在说话一般,她脑子里出现了一句话:"可爱的物件,可以穿戴的东西。"她停下了,钥匙还在锁里。

玛吉的生日，她父亲的礼物，她全忘了。她停了停，转头又跑下了台阶。她必须去趟兰黎商店。

兰黎太太这些年来已经发福了，正在店铺的后屋里慢慢地嚼着冷羊肉。这时，她看到埃莉诺小姐穿过了玻璃门。

"早上好，埃莉诺小姐。"她走了出来，说。

"可爱的物件，可以穿戴的东西。"埃莉诺喘着气说。她看上去很不错——度假后晒黑了，兰黎太太想着。

"给我的侄女——我是说表妹。迪格比爵士的小女儿。"埃莉诺说了出来。

兰黎太太认为自己卖的东西太廉价了。

有玩具船、洋娃娃、便宜的金表——可是没什么精致的东西可以给迪格比爵士的小女儿。可埃莉诺小姐等不及了。

"那个，"她说，指着一条别在卡片上的串珠项链，"那个可以。"

这个看起来有点廉价，兰黎太太想。她俯身伸手拿了一条带金色珠子的蓝色项链，可埃莉诺小姐太着急了，都等不及用牛皮纸包好。

"我已经晚了,兰黎太太。"她说,和气地挥了挥手,然后跑了。

兰黎太太喜欢她。她似乎总是很和善。她没嫁人真是可惜——让妹妹先于姐姐出嫁绝对是个错误。不过她还要照顾上校,况且他现在也上了年纪。兰黎太太最后想着,又回到店铺后面继续吃她的羊肉。

"埃莉诺小姐马上就回来了。"克罗斯比端菜进来时,上校说,"先别打开盖子。"他背对壁炉站着,等着她。是的,他想,为什么不呢。"为什么不呢?"他盯着菜盘盖子,想。米拉又回来了;那个家伙就是个混蛋,他早就知道。他该给米拉准备些什么生活必需品呢?他该怎么办呢?他曾想过,他想把一切和盘托出,都告诉埃莉诺。为什么不呢?她不再是个孩子了,他想;而且他也不喜欢做那样的事情——把东西都锁在抽屉里。但他想到要告诉自己的女儿,还是感到有些不好意思。

"她来了。"他突然对克罗斯比说。克罗斯比正无声地站在他身后等着。

埃莉诺进来时,他突然产生了某种坚定,心里说,不行,不行。我不能这么做。不知为什么等看到了她,他才意识到他不能告诉她。而且,看着她愉快的面容,无忧无虑的样子,他想,她有她自己的生活。他突然心里涌起一股妒火。他们坐下时,他想到,她有她自己的事情要考虑。

她把一条项链放到桌上,推到他面前。

"喂,这是什么?"他茫然地看着项链,说。

"玛吉的礼物,爸爸。"她说,"我尽力了……恐怕有点廉价。"

"噢,非常漂亮。"他心不在焉地扫了一眼,说,"正好是她喜欢的。"他又说,把项链推到一旁。他开始切起鸡肉来。

她太饿了,还有些气喘吁吁。她觉得自己有点"团团转"了,这是她自己的原话。你是围着什么在团团转呢?她想,伸手去取面包酱——某个轴?那天早上的场景变换得如此之快,每换一个场景都需要不同的调整;这个需要提到表面上来,那个需要压到底下去。而此时她没有别的感觉,只是饿,只想吃鸡肉,脑子一片空白。而吃东西的时候,对父亲的感觉出现了。他坐在对面,不慌不忙地吃着鸡肉,她喜欢他的坚毅。他都在干些什么呢?她想知道。卖出一家公司的股票,买另一家公司的股票?他好像醒过神来。

"唔,委员会怎样了?"他问。她添油加醋地给他讲了她对贾德的胜利。

"做得好。要顶住他们,内尔,不要被他们压制。"他说。他用他自己的方式为她感到骄傲,她也喜欢他为自己骄傲。同时她也不想提起达弗斯和里格比住宅。他对于不会理财的人没什么同情,而她一分利息也没挣到,所有的钱都投进了房屋的修缮。她把话题转向莫里斯和他在法院的案子。她又看了看表。她的弟妹西利亚告诉她两点半准时在法院碰头。

"我得赶紧走了。"她说。

"呀,那些律师们总是有办法拖延时间。"上校说,"法官是哪个?"

"桑德斯·柯里。"埃莉诺说。

"那就得拖到审判日了。"上校说。

"在哪个法庭审理?"他问。

埃莉诺不知道。

"来,克罗斯比——"上校说。他让克罗斯比找来《泰晤士报》。他开始用笨拙的手指翻看起一页页大版面的报纸,埃莉诺吃着果馅饼。等她倒咖啡的时候,他已经找到了案子在哪个法庭审理。

"你要去市政厅,爸爸?"她放下杯子,说。

"是,去开会。"他说。他喜欢去市政厅,不管去做什么都好。

"真奇怪,审案子的会是柯里。"她站起身说。他们不久前和他一起吃过饭,在皇后大门那边一座阴森的大房子里。

"你还记得那次聚会吗?"她站起身说,"老橡木家具?"柯里喜欢收藏橡木箱子。

"我怀疑都是赝品,"父亲说,"别着急。"他劝说道,"坐出租车去,内尔——如果你要零钱的话——"他开始用他的短手指头摸索银币。埃莉诺看着他,心头又涌起儿时熟悉的感觉,他的口袋似乎是深不见底的银矿,总能挖出无尽的半克朗银币。

"那好,"她接过银币说,"我们在下午茶的时候见。"

"不行,"他提醒她,"我要到迪格比家绕一圈。"

他毛茸茸的大手拿起项链。埃莉诺担心项链看起来有点廉价。

"拿个盒子装着,怎么样?"他问。

"克罗斯比,找个盒子装项链。"埃莉诺说。克罗斯比突然散发出受了重用的光芒,急匆匆跑向了地下室。

"那就晚餐时见。"她对父亲说。她如释重负地想,那就意味着我不必赶回来吃茶点。

"对,晚餐见。"他说。他手上拿了一截纸头,他正把纸头包到雪茄的一头。他吸了一口。一股青烟从雪茄上冒了出来。她喜欢雪茄的味道。她站了一会儿,把烟味吸了个饱。

"向尤金妮婶婶问好。"她说。他吸着雪茄,点了点头。

坐小马车真是享受——节省了十五分钟。她斜靠在角落里,满足地轻叹了一声,门帘在她膝盖上方咔嗒咔嗒地响着。有一会儿她的脑子里一片空白。她坐在马车的角落里,享受着平和、寂静和忙碌之后的休息。马车慢慢前行,她感觉自己超然脱俗,像个旁观者。早上匆匆忙忙,一件事接着一件。此刻，到法院之前，她都可以静静坐着，什么都不用干。路很长，马儿步履缓慢，身上盖着红布，毛很长。它保持着小步慢跑，沿贝斯沃特路而行。街上车和人都少，人们还在吃午餐。远处升起柔和的青烟，铃声叮当，马车经过一座座房子。她开始忘了注意经过的是些什么样的房子。她半闭着眼，然后，不自觉地，她看到自己的手从门厅桌子上拿了一封信。什么时候的事？今天早上。她把信放哪儿？她的手袋里？对。信在那儿，还没打开，是马丁从印度寄来的。既然还在路上，那她就读读信吧。信是马丁的小手写在很薄很薄的信纸上的。信比平常要长，是关于和某个叫伦顿的人一起的历险。谁是伦顿？她不记得了。"我们凌晨出发。"她读道。

她看向窗外。他们被大理石拱门处的车流给阻住了。马车正从公园里出来。一匹马腾跃了起来，不过马夫控制住了它。

她继续读："我发现自己一个人在丛林的深处……"

你在做什么？她问。

她看到弟弟，红头发，圆脸蛋，一副挑衅的表情，让她常常担心他总有一天会招来麻烦。显而易见,正是如此。

"我迷了路,太阳正在落山。"她读道。

"太阳正在落山……"埃莉诺重复道,看着前面的牛津街。阳光照耀着橱窗里的时装裙。丛林是密密的森林,她想,布满了矮小的树丛,墨绿色的。马丁独自一人在丛林里,太阳正在落山。接下来会怎样?"我认为最好待着不动。"于是他站在丛林里小树丛当中,独自一人;太阳正在落山。她眼前的街道变得模糊起来。太阳落山后肯定特别冷,她想。她继续读。他不得不生起一堆火。"我摸了摸口袋,发现我只有两根火柴……第一根灭了。"她看到一堆干树枝,马丁独自一人看着火柴熄灭。"然后我点着了另一根,谢天谢地,它起了作用。"纸燃了起来,树枝也点着了,一片火燃烧起来。她焦急地跳着往后看,直到最后……"有一次我觉得我听到有声音在呼喊,但声音消失了。"

"声音消失了!"埃莉诺大声说。

他们在大法官法庭路停住了。一个警察正在帮助一个老妇人过街,马路就是一片丛林。

"声音消失了,"她说,"然后呢?"

"……我爬上一棵树……我看到了小道……太阳升起了……他们已经放弃了,任我自生自灭。"

马车停住了。埃莉诺静静地坐了一会儿。她只看到矮小的树丛,弟弟正看着太阳在丛林上方升起。太阳在升起。有那么一刻火苗在法院里巨大的送葬人群的头顶上跳跃。是第二根火柴起了作用,她想着,付了车费给车夫,走了进去。

"哎呀,你来啦!"一个身穿皮草的小个子女人喊道。她正站在一扇门边。

"我以为你不来了。我正要进去。"她个子娇小,长了一张猫脸,担心的样子,但为丈夫感到非常骄傲。

她们穿过旋转门,进入正在审案的法庭。一开始这里显得昏暗拥挤。戴假发、穿袍子的男人们起身坐下,进进出出,就像野地里的一群鸟,四处打堆。他们看上去都很面生,她没看到莫里斯。她四处张望,想要找到他。

"他在那儿。"西利亚小声道。

在前排的一个律师转过头来。正是莫里斯,他戴着黄色假发，看起来真奇怪！他的目光掠过她们，但没有表示他认出了她们。她也没对他笑笑，这庄严压抑的气氛不允许任何个性的存在，整个场景都具有某种仪式感。从她坐的地方可以看到他的侧脸，假发把他的前额变成了方形，让他看起来像是在画框之中，像一幅画。她从来没从这么有利的角度看过他，那样的眉毛，那样的鼻子。她环视了一周。他们所有人都像画中人，所有律师看上去都特别显眼，引人注目，就像墙上挂着的18世纪肖像画。他们仍然在起身坐下，笑着谈着……突然一扇门被推开了。引座员要求大家为阁下大人保持安静。一片寂静，所有人都站了起来，法官走了进来。他鞠了一躬，在狮子和独角兽构成的皇家纹章下的座位上坐下。埃莉诺感到心里涌过一丝敬畏。他就是老柯里。但他的变化真大啊！上次见他的时候，他坐在餐桌的桌首，桌子正中铺了一条波纹起伏的黄色刺绣品。他拿了一支蜡烛，带着她在客厅四处观看他的老橡木家具。可此时他坐在那儿，穿着袍子，威风凛凛，令人敬畏。

　　一位律师站了起来。她想要听懂这个大鼻子男人说些什么，可这时已经很难跟上了。不过她还是听着。又一个律师站了起来，一个鸡胸的小个子男人，戴着金色夹鼻眼镜。他读了一份文件，然后也开始陈述。她能听懂他说的一些话，可这些跟这个案子有什么关系她不明白。什么时候莫里斯会说话，她想知道。显然还没到时候。就像父亲说过的，这些律师们知道怎么拖延时间。根本没必要着急地吃午饭，坐公共汽车过来也能赶得上。她的眼睛一直盯着莫里斯。他正绘声绘色地跟旁边一个淡黄色头发的男人讲笑话。那些就是他的死党，她想；这就是他的生活。她记得他从小时候起理想就是成为律师。是她说服了爸爸；那天早晨她冒着生命危险走进了他的书房……但现在，她很激动，莫里斯已经成才了。

埃莉诺能感到西利亚的紧张和僵硬，紧紧抓着她的小手袋。莫里斯开始说话了，他看上去很高大，黑白分明。他一只手放在袍子边上。她多么熟悉莫里斯的这个姿势，她想——紧抓住什么东西，这样别人就能看见他洗澡时割到的白色疤痕。不过他的另外一个动作她不大熟悉——他挥出手臂的动作。那是属于他的公众生活、法庭生活的动作。他的声音也显得陌生。但当他渐渐流畅起来,他的声音中不时出现的某个语调令她莞尔,那是他私下里的腔调。她忍不住转过去看着西利亚,仿佛在说,这真像莫里斯啊!但西利亚定定地看着前方的丈夫。埃莉诺也想要把注意力集中到他说话的内容上。他说话十分清楚明了,字词间的间隔十分完美。突然法官打断了他:

"帕吉特先生,我理解你的意见是……"他的语调彬彬有礼,却令人生畏。埃莉诺激动地看到莫里斯马上停下了发言,法官说话时他恭敬地垂着头。

可他知道该怎么回答吗?她想,紧张地在座位上坐立不安,生怕他会崩溃,好像他还是个孩子。但他的回答张嘴就来。他不紧不慢地打开一本书,找到地方,读了一段话,老柯里听着,点着头,在面前摊开的一大本册子上留下了记录。她长舒了一口气。

"他做得多棒啊!"她小声说。西利亚点点头,但还是紧抓着手袋。埃莉诺觉得自己可以松口气了。她环顾四周。这里奇怪地兼具庄重和散漫。不停有律师进进出出。他们斜靠着法庭的墙壁站着。暗淡的顶灯下他们的脸全都白得像羊皮纸,五官似乎都特别鲜明。他们已经点亮了煤气灯。她注视着法官。他此时后靠在狮子和独角兽下面的巨大雕花座椅上,倾听着。他看上去无限悲伤、无比睿智,似乎各种词句抽打到他身上已经有好几个世纪。这时他睁开沉重的双眼,皱起额头,庞大的袖口里伸出的手又小又脆弱,在大册子上写了几个字。然后他再次半闭着眼,陷入了他对不幸的人类各种冲突不和的永恒警戒当中。她的思绪开始漫游起来。她背靠着硬木座椅,任由遗忘的潮水在自己身上流淌。早晨以来的场景开始陆续形成,冲到眼前。委员会会议上的贾德,父亲读报纸,老妇人拽住她的手,客厅女侍清扫餐桌上的银器,马丁在丛林里划燃了第二根火柴……

她烦躁不安起来。空气很闷,灯光很暗,法官身上最初的光芒已经消失,此时看上去很烦闷,也不再对人类的弱点具有免疫力了。她记起在皇后大门的那座可怕房子里,他谈起老橡木家具时是那么容易轻信他人,她笑了。"这是我在怀特比买的。"他说。那却是个赝品。她想大笑,她想离开。她站起身,小声说:

1891年

"我走了。"

西利亚喃喃说了些什么,大概是反对。但埃莉诺轻手轻脚地穿过了旋转门,来到了大街上。

斯特兰德大街的喧嚣、混杂、宽阔,突然让她浑身轻松。她感到自己正在膨胀。这里还是白天,色彩斑斓的生活在奔涌、骚动,向她迎面冲来。就像是在这世界,在她心里,有什么东西挣脱了禁锢。她在高度集中紧张之后,似乎被抛撒,向四处散落。她沿着斯特兰德大街漫步,满心愉悦地看着忙碌的街道;摆满了闪亮链条皮包的商店;白色外墙的教堂;参差不齐的屋檐,装饰着横七竖八的电线。头顶是带着雨意却微微闪亮的天空,令人目眩。风吹拂到脸上。她深吸了一口清新湿润的空气。她想起那个昏暗的小法庭和里面五官鲜明的一张张脸,她想,那个人整天都得坐在那儿,每一天。她又看到了桑德斯·柯里,靠在巨大的座椅上,他的脸塌陷成刚毅的皱纹。她想,每一天,整日里,都在辩论法律条文。莫里斯怎么能受得了?可他过去总是想当律师。

出租车、货车和公共汽车,车流涌过;它们仿佛将空气冲到了她的脸上,将泥溅到了人行道上。人潮拥挤奔忙,她加快了步伐,顺应人流。一辆货车转弯开上一条通往河边的陡峭小街,她被挡住了。她抬头看到屋顶间飘动的云,满含着雨水而肿胀的乌云,漫无目的、冷漠的云。她继续走着。

在查理十字车站的入口处她又被挡住了。那里的天空非常辽阔。她看到一行鸟儿正在高飞,一起横越过天空。她看着鸟儿。然后她又继续走。步行的人、坐车的人,全都像稻草一般从桥边的码头里被吸了进去。她得等着。堆满盒子的出租马车从她旁边经过。

她妒忌他们。她希望她也能出国,去意大利、印度……突然她模模糊糊地感觉到发生了什么事。在大门口的报童们正分发着报纸,速度快于平常。人们抓过报纸,打开边走边看。她看到一个男孩腿上被风吹起来的布告。巨大的黑字"死讯"。

布告被风吹平了,她看到了另一个词"帕内尔"。

"死讯……"她重复道,"帕内尔?"她感到一阵眩晕。他怎么可能死了——帕内尔?她买了一张报纸。他们是这样说的……

"帕内尔死了!"她大声说。她抬头再次看到了天空,云正在飘过,她看向了街道。一个男人正用食指指着新闻。他正说,帕内尔死了。他正幸灾乐祸。但他怎么会死呢?就像天空中有什么东西在渐渐消失。

她慢慢地朝特拉法加广场走去,手里拿着报纸。突然整个场景凝固不动了。一个男人和一根柱子连在了一起,一头狮子和一个男人连在了一起,他们似乎都连在一起,静止不动,就像再也不会动了似的。

她走进了特拉法加广场。某处的鸟儿正发出刺耳的叽叽喳喳声。她停在喷泉边,低头看着装满了水的大水池。微风吹起黑色的波纹。水里倒映着树枝和一抹苍白的天空。如同梦境,她喃喃道,宛如梦境……有人撞了她一下。她转过身,她必须到迪利亚那里去。迪利亚很在乎,她曾经满怀激情地喜欢过他。她过去常常是怎么说的——为了这个男人,愤然离家,献身事业?公正,自由?她必须到迪利亚那儿去。这将会结束迪利亚所有的梦想。她转身招了一辆出租马车。

她俯身靠着门帘,看向外面。他们经过的街道非常穷,不仅穷,她觉得还非常邪恶。这里就是罪恶、淫荡,是伦敦的现实。在黄昏光怪陆离的光线下这里显得非常可怕。灯正在被点起,报童在叫喊,帕内尔……帕内尔。他死了,她自言自语,她仍然清醒地意识到两个世界,一个在头顶展翅翱翔,一个仅能在人行道上用足尖舞蹈。她到了……她伸出手,让马车在一条小巷子里的一小排门柱子对面停下。她下了车,朝广场里面走去。

车马的喧嚣声已然平息。这里非常安静。十月的午后,落叶飘零,褪色的老广场看上去昏暗、破旧,弥漫着雾气。房子都作为办公室,租给了社团、私人,租客的名字钉在门柱上。附近一带都显得陌生、凶险。她来到破旧的安妮女王式门口,门楣带着繁复的雕花,她按了六七个门铃中最上面的一个。门铃上方写了名字,有的只在名片上有名字。没人应门。她推开门走了进去;她走上扶手雕花的木楼梯,楼梯和扶手似乎都失去了过去的高贵。深深的窗座上立着牛奶罐子,罐子底下压着账单。有些窗玻璃已经破了。在顶楼迪利亚的门外,也有一只牛奶罐,是空的。她的名片用一个图钉钉在一块镶板上。埃莉诺敲了敲门，等着。没有声音。她转了转门把手。门锁着。她站了一会儿倾听着。侧面有个小窗可看到广场。鸽子正在树顶咕咕叫着。车马声遥不可闻。她只听得报童在叫着死亡……死亡……死亡。树叶在飘落。她转身走下了楼梯。

她在街头漫步。孩子们在人行道上用粉笔画好了格子；女人们从楼上的窗户探出头来，贪婪、不满足的眼光在街道上搜寻。房屋只租给单身的先生们。窗口的广告牌上写着"带家具的公寓"或"带早餐的旅馆"。她猜想着在那些厚实的黄色窗帘后面是怎么样的生活。这就是她妹妹居住的郊区，她想着，转了身；迪利亚一定常常在晚上独自这样回家。她走回广场，爬上楼梯，再次拧着门把手。里面还是没有声音。她站了一会儿，看着落叶飘零；她听到报童的叫喊和鸽子在树顶上的咕咕声。"鸽子咕咕，快来吃谷；鸽子咕咕，快来……"一片树叶落了下来。

随着午后时间慢慢过去，查理十字街的车流繁忙了起来。步行的人、坐马车的人，全都在车站的门口被吸了进去。人们疾步摇摇摆摆地走着，像是车站里有什么魔鬼，一旦等久了就会发怒。但即便是这样,他们在经过时也会停一下,匆忙拿起一张报纸。云朵分开又聚拢,让阳光闪耀一会儿然后又遮蔽。车轮和马蹄溅起泥土,一会儿是暗褐色,一会儿是鎏金色。屋檐下鸟儿们刺耳的叽叽喳喳声在一片熙熙攘攘中也听不见了。二轮小马车叮叮当当地过去,叮叮当当地过去。最后在所有这些叮叮当当的出租车中,出现了一辆马车,里面坐着一个结实粗壮的红脸男人,手里拿着一朵薄纸包着的鲜花。这是上校。

"嗨!"马车经过车站门口时,他喊了一声,一只手从车顶的活门伸了出去。他探出身子,接住了扔过来的一份报纸。

"帕内尔!"他惊呼着,摸索着眼镜,"死了,我的老天!"

马车嘚嘚前行。他把新闻读了两三遍。他取下眼镜,喃喃道,他死了。他往角落里一靠,心头涌起一股感觉,又像是解脱,又有一丝胜利。好了,他自言自语,他死了——那个厚颜无耻的投机分子,那个干尽坏事的煽动家,那个男人……这时,他心里出现了某种和自己女儿有关的感觉,他说不清是什么，但禁不住皱起了眉头。不管怎么说他现在死了，上校想。他是怎么死的？自杀？这倒并非出人意料……总之他死了，一切就结束了。上校坐在那儿，一只手捏着报纸，一只手握着薄纸包着的鲜花，出租车沿怀特霍尔街走着……马车经过下议院，他想着，人们可以尊敬帕内尔，可能比对于某些其他家伙更尊敬……还有很多关于离婚案的流言蜚语。他看向外面。马车正走近某条街道，多年前他常常停在这儿，环顾四周。他转头朝右边的街道看去。但一个公众人物是不敢去做这些事的，他想。马车继续前行，他微微点了点头，现在她写信给我要钱了，他想。那个家伙原来是个混蛋，他早就知道。她已经失去了美貌，他想，她已经变得又矮又胖。行，他可以宽容一些。他又戴上眼镜，读起城市新闻来，

就算帕内尔的死发生在现在，也起不了什么波澜，他想。就算他还活着，就算流言蜚语已经停息——他抬起头来。马车又和平常一样绕了远路。司机转错了弯，他们总是犯错。"左转！"他大喊，"左转！"

在布朗恩大街昏暗的地下室里，穿着衬衫的意大利男

仆正读着报纸,女仆如跳舞般轻快地走了进来,手里拿了一顶帽子。

"看她给了我什么!"她大声说。因为客厅的脏乱而以示补偿,帕吉特夫人给了她一顶帽子。"我是不是很时髦?"她说,在镜子前停下,脑袋歪戴着那顶漂亮的意大利帽子,看上去像是用玻璃丝做的。安东尼奥只得放下报纸,出于绅士风度揽住了她的腰,因为她并不漂亮,而且她的行为也不过是对他印象中的意大利托斯卡纳区的山城女人的滑稽模仿。这时,一辆出租马车停到了栏杆前,两条腿伸出来立在了那里,他必须赶紧动身,穿上外衣,走上楼梯去应门。

上校站在门阶前等着,心想,他可真磨蹭啊。死讯所带来的震惊几乎已经被吸收了,虽然仍在他心里震荡,但已经不会让他对外界停止观察和思考。他站在那儿,想着他们已经把砖缝又填平了,他们怎么还能有余钱,有三个男孩要上学,还有两个小女孩要养?尤金妮是个聪明女人没错,但他希望她能找个客厅女侍,而不是那些似乎总是在吞吃通心面的意大利人。这时门开了,他上楼时似乎听到从后面哪个地方传来一阵笑声。

他站在客厅里等着,他觉得他喜欢尤金妮的客厅。这里非常凌乱。地上散落着刨木屑,是来自放在地板上的某个打开了还没收拾完的行李箱。他记起来他们刚去了意大利。桌上立着一面镜子。很可能是他们从那里带回来的一样东西,人们喜欢从意大利带回来这类东西。镜子很旧,布满了斑点。他在镜子前正了正领结。

但我更喜欢一面能看清楚人的镜子,他想着,转身走开了。钢琴盖打开着;茶杯半满,和平常一样,他笑了。屋里四处都插着枝条,上面挂着红色和黄色的枯叶。她喜欢鲜花。他很高兴自己记得带来了他常带的礼物。他举着薄纸包着的花。为什么房间里满是烟?一阵风吹了进来。后屋的两扇窗户都开着,烟是从花园里吹进来的。他们在烧杂草?他猜。他走到窗边,往外瞧。噢,他们在那儿,尤金妮和两个小女儿。正燃着篝火。他正看着的时候,他最喜欢的小女孩玛戈达莱娜,往火堆里扔了满捧的枯叶。她把枯叶使劲扔得高高的,篝火熊熊燃烧起来。一大片红色火焰四处猛冲。

"太危险了!"他大声喊道。

尤金妮把孩子们往后拉。她们正兴奋地蹦着跳着。另外一个小女孩萨拉躲在母亲的胳膊下,也捧了一堆落叶,扔进了火堆。一大片红色火焰四处蹿动。接着意大利男仆过去通报了他的名字。他敲了敲窗户。尤金妮转头看到了他。她一只手护住孩子们,抬起另一只手向他致意。

"在那儿别动!"她大声说,"我们过来了!"

一股浓烟朝他迎面扑来,他眼睛一下子溢满了眼泪。他转身在沙发旁的椅子上坐下。很快她就进来了,伸出胳膊朝他奔来。他站起身握住了她的手。

"我们正在点篝火。"她说。她的眼睛闪闪发亮,头发打着卷垂了下来。"所以我的样子乱七八糟的。"她说,抬起手拢着头发。她确实不太整洁,但一直都非常漂亮。艾贝尔想。漂亮高大的女人,变得更加富态了,和她握手时他想;不过很适合她。比起那些清纯可爱的英国女人,他更赞赏她这个类型的。浑身的肉抖动着,就像温软的黄蜡;她黑色的大眼睛像个外国人,鼻子上有一道细纹。他伸出手上的山茶花,那是他常带的礼物。她轻呼了一声,从薄纸里拿出了花,坐了下来。

"你真是太好了!"她说,把花伸在面前拿了一会儿,然后像他经常看到她做的那样,把花茎咬在两唇之间。她的举止像往常一样令他着迷。

"点篝火过生日吗?"他问。……"不,不,"他反对道,"我不想喝茶。"

她已经拿起了茶杯,抿了一口里面剩的冷茶。他看着她,关于东方的一些记忆又浮现;在那些炎热国度里,女人们就这样在烈日下坐在门口。而此时开着窗,青烟飘入,非常冷。他手里还拿着报纸,他把报纸放到桌上。

"看到新闻了吗?"他问。

她放下杯子,微微睁开她黑色的大眼睛。里面似乎蕴含着无限深沉的情感。她等着他开口说话时,抬起了手,似乎有某种期待。

"帕内尔。"艾贝尔简短地说,"他死了。"

"死了?"尤金妮重复道。她戏剧性地垂下了手。

"是的。在布莱顿。昨天。"

"帕内尔死了!"她重复道。

"他们是这么说的。"上校说。她的情感总让他感觉非常实际,不过他喜欢这样。她拿起了报纸。

"可怜的人!"她轻叹道,任报纸落下。

"可怜的人?"他重复道。她的眼里溢满了眼泪。他困惑不解。她指的是吉蒂·欧谢伊吗?他还没想到她呢。

"她毁了他的事业。"他轻哼了一声,说道。

"呀,但她一定是非常爱他!"她喃喃道。

她抬手捂住了眼睛。上校沉默了一会儿。在他看来,她的情感似乎和他们谈的这个人很不相称,但她的情感是真实的。他喜欢真实的情感。

"是的,"他颇有些生硬地说,"是的,我想是这样。"尤金妮又拿起了花,拿着花转着。她总是时常会心不在焉起来,但他总觉得和她在一起很自在。他的身体放松了下来。有她在身边,他觉得自己摆脱了某些束缚。

"人们受了多少苦啊!……"她看着花,低声说,"他们多么受罪啊,艾贝尔!"她说。她转头直盯着他。

一阵浓烟从旁边的房间飘了进来。

"你不介意不通风吧?"他看着窗户问道。她没有立刻回答,她正转着手里的花。然后她突然回过神来,笑了。

"对,对,关上窗!"她挥了挥手,说。他走过去关上了窗户。等他回转身来,她已经站了起来,站在镜子前整理着头发。

"我们为玛吉的生日点的篝火。"她低声说,看着布满斑点的威尼斯镜子里的自己。"所以,所以才——"她抚平了头发,把山茶花别在裙子上,"所以我才——"

她微微侧着头,似乎在打量裙子上别了花之后的效果。上校坐下来等着。他瞥了一眼报纸。

"他们好像在封锁消息。"他说。

"你的意思是——"尤金妮刚开始说,门开了,孩子们走了进来。玛吉是年长的一个,走在前面,小女儿萨拉,慢吞吞地跟着她后面。

"嗨!"上校喊道,"她们来了!"他转过身来。他非常喜欢孩子。"祝你生日快乐,年年有今日,玛吉!"他把手伸进口袋里,摸着克罗斯比装在小纸盒里的项链。玛吉走过来接过了项链。她的头发已经梳过了,穿着一件整齐挺括的连衣裙。她拿起盒子打开了,把金色和蓝色相间的项链挂在手指上。上校一时间怀疑她会不会喜欢这个礼物。项链挂在她手指上看起来似乎有点过于艳丽了。而且她没作声。她母亲立刻帮她开了口。

"真可爱啊,玛吉!真是可爱极了!"

玛吉手里握着项链珠子,什么都没说。

"谢谢艾贝尔叔叔送你的可爱项链。"她母亲提醒她。

"谢谢你送我项链,艾贝尔叔叔。"玛吉说。她说得直接又准确无误,但上校又感到一阵怀疑的刺痛。一种失望的剧痛,和眼前这个人很不相称的情感,突然在心头涌起。她母亲给她在脖子上系好了项链。她转身去找妹妹,她妹妹正在一把椅子后面偷看。

"来,萨拉,"她母亲说,"来打个招呼。"

她伸出手,既是为了劝诱小女孩过来,艾贝尔觉得,也是为了遮掩那总是令他感觉不那么舒服的一点小残疾。她还是婴儿时被摔过,一边肩膀要稍高一点点;这令他感觉心里有些不适,他无法忍受小孩身上的一点点残疾。不过,这倒没有影响她的情绪。她蹦蹦跳跳地跑向他,踮着脚尖转着圈,还轻轻在他脸上吻了一下。然后她用力拉着姐姐的连衣裙,两个人笑着跑向了后屋。

"她们要好好欣赏你送的可爱礼物,艾贝尔。"尤金妮说,"你真是把她们宠坏了!——把我也是。"她说,碰了碰胸前的山茶花。

"我希望她会喜欢?"他问。尤金妮没有回答,她又端起了冷茶,用她那种懒散的南部风情抿着茶。

"好了,"她舒服地往后一靠,说,"把你的新鲜事都说说吧。"

上校也靠在椅背上。他考虑了一会儿。他有什么新鲜事呢?他一时之间想不出什么。和尤金妮在一起时,他总是想要显出过得不错的样子,而她也总是报喜不报忧。他正犹豫间,她开口了:

"我们在威尼斯玩得很愉快!我带了孩子们去。这就是为什么我们都晒黑了。我们没住在大运河酒店——我讨厌大运河酒店——住在离那儿不远。两个星期的灿烂阳光,颜色简直是"——她迟疑了一下——"太不可思议了!"她惊叹道,"太不可思议了!"她朝天伸直了手臂。她的姿势总是表现出非凡的意义。她就是这样,总是夸张粉饰事物。他想。但他就是喜欢她这样。

他已经多年没去过威尼斯了。

"遇到了什么讨人喜欢的人吗?"他问。

"一个也没有,"她说,"一个也没有。只有一个可怕的小姐……那种令人为自己的国家感到害臊的女人。"她精神十足地说。

"我知道这种人。"他轻笑着。

"晚上从利多回来,"她继续说,"头上浮云,脚下流水——我们的房间有个阳台,我们常坐在那儿。"她停了停。

"迪格比和你一起去的吗?"上校问。

"没有,可怜的迪格比。他早些时候度了假,八月的时候。他去了苏格兰和拉斯瓦德一家打猎。这对他有好处,你知道的。"她又来了,夸张粉饰。他想。

她又继续说。

"给我讲讲家里人吧。马丁和埃莉诺,休和米莉,莫里斯和……"她迟疑了,他怀疑她已经忘了莫里斯的太太的名字。

"西利亚。"他说。他停下了。他想告诉她关于米拉的事。但他说的还是家里人的事:休和米莉,莫里斯和西利亚,还有爱德华。

"牛津那些人好像很重视他。"他粗声说。他为爱德华感到非常骄傲。

"迪利亚呢?"尤金妮问。她瞟了一眼报纸。上校立刻失去了他的和蔼。他的样子阴沉可怕起来,就像一头低下了头的老公牛,她想。

"也许这能让她恢复理智。"他严厉地说。他们俩无声地坐了一会儿。花园里传来一阵阵笑声。

"噢,那些孩子们啊!"她喊道。她起身走到窗前。上校跟着她。孩子们已经偷偷回到了花园。篝火正剧烈地燃烧着。花园正中升起一条清晰的火柱。小女孩们围着火柱跳着、笑着、喊着。一个破衣烂衫的老头,看起来就像是一个腐烂的新郎,手里拿着一把耙子站在那儿。尤金妮冲到窗前,大声向外呼喊。可她们继续跳着舞。上校也探出了窗外,她们看上去就像是毛发飘飞的野兽。他很想跑过去把篝火踩熄,可他太老了。火焰跳得很高——清晰的金色、明亮的红色。

"好极了!"他拍着手喊道,"好极了!"

"小恶魔!"尤金妮说。他注意到她跟孩子们一样兴奋。她探出窗口,对着拿耙子的老头大声说:

"把火燃大些!再大一些!"

可老头正用耙子把火扑灭。树枝散到四处,火焰也低了下来。

老头把孩子们推开。

"好了,结束了。"尤金妮一声叹息,说。她转过身来,有人已经进了屋。

"噢,迪格比,我没听到你的声音!"她轻呼道。迪格比站在那儿,手里端着一个盒子。

"嗨,迪格比!"艾贝尔说,和他握了握手。

"这些烟是怎么回事?"迪格比四处环顾,说。

他老了一点点,艾贝尔想。他穿着长外套站在那儿,上面几粒纽扣开着。他的外套有些旧了,发顶也变白了。但他还是非常英俊。站在他身边,上校觉得自己个子庞大,显得饱经风霜又粗野。艾贝尔觉得被人看到自己探出窗口拍手，有点丢脸。他们并肩站着时，艾贝尔想，他看上去更老，虽然他还比我小五岁。他是个出类拔萃的人，在他的圈子里是顶尖的，是个爵士，什么都有。但他不如我有钱，艾贝尔满意地想到，因为他总是他们两个里面落败的那个。

"你看起来很疲惫，迪格比！"尤金妮大声说，坐了下来。"他应该好好休个假。"她对艾贝尔说，"我希望你也能劝劝他。"迪格比拂去了裤子上黏着的一根白线。他轻轻咳了一声。屋里充满了烟。

"这些烟是怎么回事？"他问太太。

"我们为玛吉的生日点了篝火。"她说话的口气好像在为自己辩解。

"哦，没错。"迪格比说。艾贝尔有些恼怒，玛吉是他最喜欢的孩子，她父亲本该记得她的生日。

"是的，"尤金妮又对艾贝尔说，"他让别人都度假休息，可他自己从不。而且，他在办公室工作了一整天，回到家包里还装满了文件——"她指着提包。

"你晚餐后就不该工作了。"艾贝尔说，"这是个坏习惯。"迪格比确实看上去有些面无血色，他想。迪格比对这种女性化的感情流露根本无视。

"看新闻了吗?"他指着报纸对哥哥说。

"看了,我的老天!"艾贝尔说。艾贝尔喜欢和弟弟谈论政治,虽然艾贝尔有些讨厌他的官方腔调,仿佛他知晓实情却不能透露。结果第二天就全都见报了,艾贝尔想。不过他们还是常常谈论政治。尤金妮总是斜靠在角落里,听他们聊天,她从不插话。但最后她站起身来,开始整理从包装箱上落下的乱七八糟的东西。迪格比停下了谈话,看着她。他看了看镜子。

"喜欢吗?"尤金妮手摸着镜框,问。

"喜欢,"迪格比说,但他的声调里有一丝责备,"很漂亮。"

"为我的卧室准备的。"她迅速说。迪格比看着她把那些纸片塞进了箱子。

"别忘了,"他说,"我们今晚要和查塔姆一家吃饭。"

"我知道。"她伸手摸了摸头发,"我会好好收拾一下的。"她说。谁是"查塔姆一家"?艾贝尔想。显贵高官,他半带轻蔑地猜想。他们在那个世界里非常活跃。他觉得这是暗示他该离开了。他们也已经差不多把跟对方该说的话都说完了,他和迪格比。然而,他还希望能和尤金妮单独谈谈。

"关于非洲的事务——"他想到了另外一个问题,开口说。这时孩子们走了进来,她们是进来说晚安的。玛吉戴着他送的项链,项链看上去非常漂亮,他想,或者是她非常漂亮?但她们的连衣裙,干净的蓝色和粉色连衣裙,却皱巴巴的;她们用胳膊抱着树叶时,被煤灰染黑的伦敦树叶弄脏了衣服。

"脏兮兮的小无赖!"他笑着看着她们说。"为什么穿着最漂亮的衣服去花园里玩?"迪格比爵士说,亲了亲玛吉。他玩笑似的说的这话,但语气里带着一丝责备。玛吉没有回答。她的目光紧盯着母亲裙子前别着的山茶花。母亲站起身,站着看着她。

"还有你,你这个小脏鬼!"迪格比爵士指着萨拉说。

"今天是玛吉的生日。"尤金妮说,又伸出手臂,好像在保护那小女孩。

"我倒觉得是个机会,"迪格比爵士打量着两个女儿说,"好——呃——好——呃——改改她们的坏习惯。"他故意结结巴巴的,想要说得很幽默;但就像他平日里和孩子们说话一样,显得蹩脚而且夸张。

萨拉看着父亲,好像在思量着他。

"好——呃——好——呃——改改她们的坏习惯。"她重复说。她说这话没有什么含义,倒是把他说话时的节奏学了个一五一十。结果有些喜剧效果。上校大笑起来,但他觉得迪格比有些恼怒。萨拉走过来说晚安时,迪格比只拍了拍她的头;可玛吉走过时,他亲了亲她。

"生日过得好吗?"他把她拉到身边,说。艾贝尔觉得是机会告别了。

"但你还不必急着走吧,艾贝尔?"上校伸出手时,尤金妮表示反对。

她抓住了他的手,就像是不让他走。她是什么意思呢?是想要他留下,还是想要他离开?她的眼睛,黑色的大眼睛,模棱两可的。

"你们不是要出门吃饭吗?"他说。

"是的。"她答道,放开了他的手。既然她没再说别的,那也就没别的了,他想,他得自己告别了。

"哦,我可以自己出去。"他离开房间时说。

他有些迟缓地走下楼梯。他感到低落失望。他没有单独见到她,他还什么都没告诉她。也许他永远都不会告诉任何人任何事。他走下楼梯,脚步迟缓、沉重,不管怎么样,这都是他自己的事,跟别人都没关系。他拿起帽子时想,想要有烟就必须得自己点火。他扫视了一圈周围。

是的……房子里摆满了可爱的物件。他茫然地看着门厅里放着的一把巨大的深红色椅子,椅腿足端是镀金兽爪。他妒忌迪格比,妒忌他的房子、他的太太、他的孩子们。他觉得自己变老了。他所有的孩子都已经长大成人,都离开了他。他停在门口,看向外面的街道。天已经黑了,灯已经点起,秋天正渐渐逼近。他走上昏暗有风的街道,此时正落下星星点点的雨滴,一股青烟迎面扑来,秋叶正在飘落。

1907年

正值仲夏,夜晚十分炎热。月光落在水面上,无论深浅,都被照得发白而显得神秘莫测。月光落在实物上,则如同给它们镀上了一层闪闪发光的银色饰面,就连乡村大道上的树叶也好似涂过了清漆。通往伦敦的寂静乡间大道上,沉重的马车缓缓前行;钢铁般的缰绳紧握在钢铁般的手里,因为蔬菜、水果、鲜花都只能慢速运输。车上高高堆着圆形的板条箱,满装着卷心菜、樱桃、康乃馨,看上去就像被敌人驱赶,为另寻牧场和水源而迁移的部落满载货物的大篷车驮队。车队缓缓而行,走过一条条大道,在每一条道上都紧紧靠着路边石。就连那些马儿,就算眼睛瞎了,也能听到远处伦敦市的喧闹;车夫们打着瞌睡,还能从半闭的眼睛缝里看到永恒燃烧的城市那炽烈的烟雾。黎明时分,马车在考文特花园卸下货物;桌子、架子,就连大鹅卵石上都摆满了卷心菜、樱桃、康乃馨,就好像天上的神仙在晾晒衣服。

所有的窗户都打开了。音乐声响了起来。从深红色窗帘后面，虚无缥缈地传来万古不变的华尔兹舞曲，有时候是整个迎面扑来——舞会已散、舞蹈已歇——就像一条吞吃自己尾巴的蛇，从汉默史密斯到肖迪奇构成了一个圈。这舞曲在酒吧外被长号一遍遍重复演奏；跑差的小弟们一遍遍吹起口哨；包间雅座里人们在跳舞，乐队一遍遍弹奏。在沃平，驳船停泊的木材仓库之间，横悬河流上的浪漫小旅馆里，人们坐在小桌旁；这时他们又坐在梅菲尔区。每张桌子都有自己的灯，绷得紧紧的红色丝绸的华盖，花瓶里的鲜花中午还从土里汲取水分，此时花瓣舒展开来。每张桌子上都摆了堆起如金字塔般的草莓，圆滚滚的灰色鹌鹑；而马丁，去过了印度，去过了非洲，如今发现和露着肩的女孩说话，和头发上装饰着绿色甲虫翅膀、闪着虹彩的女人说话，在华尔兹多情的蜜诱下半遮半掩，不必负疚，倒也是件令人兴奋的事。他说了些什么又有什么关系？因为她回头看着，似听非听，而一个佩戴勋章的男人走了进来，一个穿黑衣戴钻石的女子唤他到隐秘的角落里。

1907年

入夜，温柔的幽蓝月光照着运货马车，仍沿着路边石缓缓而行，经过西敏斯特，经过黄色的圆钟，经过咖啡摊，还有黎明时站在那儿僵硬地握着铁杆和卷轴的雕像。清道夫跟在后面，冲洗着人行道。烟头、银箔纸片、橙子皮——白日里的所有垃圾都被从人行道上扫清，货车仍是缓缓而行。马车沿着肯辛顿寒酸的人行道，映着梅菲尔区的灯红酒绿，不知疲倦地辘辘驶来，送来了头发梳得高高的女士们和身着白背心的先生们，经过一条条铁锤铸打的马路，马路在月光下好似镀了一层银。

"看！"马车在夏夜的薄暮中慢跑过桥，尤金妮说，"那儿多漂亮啊！"

她朝水面挥着手。她们正通过九曲桥，她的惊叹只是一句旁白而已，她正听着丈夫说话。女儿玛戈达莱娜和他们在一起，她看向了母亲指着的方向。九曲桥在落日下红通通的；树丛聚在一堆，轮廓分明，看不清细节；小桥如幽灵般的架构，两头是白色的，组成整个场景。光线——阳光和灯光——奇特地混杂在一起。

"……当然这让政府陷入了困境。"迪格比爵士正在说,"可这正是他想要的。"

"是的……他会因此名声大噪,那个年轻人。"帕吉特夫人说。

马车过了桥,走进了树丛的阴影里。此时它又离开了公园,加入了出租马车的长长队伍。这些马车正运送穿着晚礼服的人们去看戏、去参加晚宴,车流向着大理石拱门的方向而去。光线变得越来越不自然,变得越来越黄。尤金妮歪着身子,摸着女儿裙子上的什么东西。玛吉抬头看着。她以为他们还在谈论政治。

"这么说,"她母亲说,整理着她裙子前面的花。她微微侧着头,赞许地看着女儿。然后她突然大笑起来,举起了手。"你知道我为什么会这么晚吗?"她说,"那个小调皮,萨莉……"

但她丈夫打断了她。他刚刚看到了一座被照亮的钟。

"我们会迟到的。"他说。

"但八点十五指的就是八点半。"尤金妮说。他们转上了一条侧路。

布朗恩大街上的这所房子里一片寂静。从街灯照过来的一道光透过气窗，执拗地照亮了门厅桌子上放着的一盘子玻璃杯、一顶高帽子、一把镀金兽爪足端的椅子。椅子是空的，像是在等着什么人，有一种仪式感，仿佛是安放在某个意大利前厅的开裂了的地板上。一片寂静。男仆安东尼奥正在熟睡；女仆莫莉，正在熟睡；楼下地下室里有一扇门来回拍打着——除此之外，一片寂静。

萨莉①在顶楼自己的卧室里，她侧过身，专心地倾听着。她觉得自己听到了前门有咔哒声。透过打开的窗户传来一阵舞曲，让她听不清。

她在床上坐了起来，透过窗帘的缝隙看向外面。从缝隙间，她能看到一小片天空，然后是屋顶，然后是花园里的树，然后是对面一长排房子的背面。其中一栋房子灯火通明，从开着的长窗传来了舞曲。他们在跳华尔兹。她看到有影子在窗帘里面旋转。没法看书，没法睡觉。先是音乐，然后是一阵说话声，然后是有人进到花园里；唧唧呱呱地说话，然后音乐声再次响起。

---

① 萨莉是萨拉的昵称。

这是个炎热的夏夜,时间虽晚,整个世界似乎还活跃得很;匆匆的车流声听起来似乎遥远,却永不停息。

一本褪色的褐皮书放在她床上,好像她刚才在读书。但是没法读书,没法睡觉。她头枕着双手,睡回到枕头上。

"他说,"她喃喃道,"这世界无他,只是……"她停住了。他是怎么说的?只是思想,对吗?她问着自己,好像她已经忘记了。好,既然没法读书,没法睡觉,那她就让自己成为思想吧。扮演什么东西总比思考这些东西要来得容易。腿、身体、手,整个她,都必须顺从地躺在那儿,才能进入这全宇宙的思考过程,也就是他说的,世界运行的方式。她伸展身子。思考,从哪里开始呢?

从脚吗?她想。脚在那儿,从单层的被单下伸了出去。两只脚似乎是分开的,分得很开。她闭上眼。不知不觉地,在她的体内有什么东西变得坚硬起来。没法扮演思考。她变成了某种东西,一条根,陷在泥土里;血管在这冰冷的一大块东西里穿行;树伸出了枝条,枝条上长着树叶。

"——阳光透过树叶间的缝隙,照了下来。"她摆动着手指,说。她睁开眼睛,为了证实阳光确实照在树叶上,她看到的是立在花园那边的那棵确实存在的树。树上没有斑驳的阳光,这棵树根本没有叶子。她一时间觉得自己被驳倒了。因为这树是黑色的,死黑色。

她把胳膊肘支在窗台上,朝外看着那棵树。舞会那边的房间里传来乱糟糟的鼓掌声。音乐已经停了,人们开始走下铁楼梯,来到花园里,花园非常引人注目,墙上装点着蓝色、黄色的灯。说话声更响了。来了更多的人,更多人走了过来。星星点点的绿色广场上挤满了穿晚礼服的女人们飘逸的暗淡身影,穿晚礼服的男人们笔直的黑白身影。她看着他们进进出出。他们在聊天谈笑;但他们太远了,她听不到他们在说些什么。有时候会有某个词或一阵大笑突然响起,然后又是含混不清的说话声。他们自己的花园里空空荡荡,一片寂静。一只猫正沿着墙顶偷偷潜行,停了停,然后又继续走,好似在进行什么秘密的勾当。新一轮的跳舞又开始了。

"又开始了,没完没了!"她不耐烦地喊道。空气里带着伦敦的泥土奇特的干燥气息,吹开了窗帘,吹上了她的脸。她平躺在床上,看到了月亮,月亮似乎高不可测。

月亮表面上有薄雾在移动，这时薄雾移开，她看到这银盘表面上镌刻的图案。是什么呢，她猜想着——山脉？峡谷？如果是峡谷，她半眯着眼想，那么这里是白色的树，那里是冰窟窿，还有夜莺，两只夜莺相互应和，在峡谷间你唱我和。华尔兹舞曲接住了这句"你唱我和"，然后高高抛出；接着同一段旋律一遍遍重复，这句词变得粗糙，最后终于被毁了。舞曲给所有东西都带来妨害。一开始令人兴奋，然后就变得无聊，最后令人无法忍受。现在还差二十分钟才到一点。

她的嘴唇努了起来，就像马儿要咬东西时那样。那本小褐皮书太无趣了。她把手伸过头顶，看也不看，从旧书架子上又拿了一本。她随意翻开一页，眼光却被外面的一对男女吸引住了，别人都进了屋，就只有他们还在花园里坐着。他们在说些什么？她想知道。草地上有什么东西在闪着微光，她极目望去，那个黑白身影弯下腰，把那东西捡了起来。

"他捡起来，"她看着外面喃喃道，"对身边的女士说，看，史密斯小姐，看我在草地上发现了什么——我的心的碎片,我破碎的心,他说。我在草地上找到了它,我把它别在胸前——"她哼着的词恰好配上了忧郁的华尔兹——"我破碎的心,这玻璃碎片,因为爱——"她停下来,瞥了一眼书。扉页上写着:

"致萨拉·帕吉特,堂兄爱德华·帕吉特赠。"

"……因为爱,"她最后说,"是最美好的。"

她翻到了书名那页。

"索福克勒斯《安提戈涅》,英文诗由爱德华·帕吉特翻译。"她读道。

她又一次看向窗外。那一对男女已经走了。他们正走上铁楼梯。她看着他们。他们走进了舞厅。"如果在一曲未完时,"她小声说,"她拿了出来,看着它说:'这是什么?'而那只是一片碎玻璃——碎玻璃……"她又低头看着书。

"索福克勒斯《安提戈涅》。"她读着。书是崭新的,翻开时书页发出清脆的声响。这是她第一次翻开它。

"索福克勒斯《安提戈涅》,英文诗由爱德华·帕吉特翻译。"她又读了一遍。他是在牛津给了她这本书,那是个炎热的下午,他们在小教堂和图书馆之间漫步。"漫步、哀哭,"她轻哼着,翻着书页,"他从矮扶手椅上起身,手指抚过头发,他说——"她瞟了一眼窗外——"我虚度的青春,我虚度的青春啊。"华尔兹正是最浓烈、最哀怨的时候。"他伸手拿起,"她及时跟上了音乐,"这片破碎的玻璃,这片褪色的心,他对我说……"这时音乐停了,传来了掌声,跳舞的人们再次走出舞厅,进了花园。

她随便翻看着。起初她随意看上一两行,接着从散乱破碎的词句里,迅速出现了一个个模糊不清的场景。一个被谋杀的男人尸骨未葬,躺在那里,像一根倒落的树干,像一个塑像,一只光秃秃的脚伸在空中。秃鹰在聚集。它们砰然落在银色的沙地上。这些头重脚轻的巨鸟一个侧身,一个旋转,蹒跚着走来;灰色的喉头悬垂着、摆动着,它们跳了过来——她读着,手在床单上打着拍子——跳到那一大块人形旁边。它们的尖喙一下又一下急促地撕扯,啄食着腐肉。是的,她扫了一眼花园里的那棵树。被谋杀的男人未葬的尸骨躺在沙地上。接着一朵黄云旋转而来,里面是——谁?她快速翻着书页。安提戈涅?她从尘雾中旋转而出,来到了秃鹰打转的地方,她将白沙抛撒到那只变黑了的脚上。她站在那儿,任白沙垂落在那变黑了的脚上。接着,看啊!尘云滚滚而来,乌云,骑士跳下了马背,她被捉住,手腕绑上了绳索;他们抬起了她,去往——哪里?

花园里爆发出一阵大笑。她抬起头来。他们把她带去了哪里?她问。花园里满是人。她听不清他们说的一个字。人影进进出出地移动着。

"去往尊贵的统治者令人尊敬的门庭?"她随意挑了一两个词,喃喃道。因为她的眼睛还看着花园里。男人的名字叫克瑞翁,他埋葬了她。那是个月夜,仙人掌的尖刺发出锋利的银光。绑着缠腰布的男人拿木槌在砖块上刺耳地敲了三下。她被活埋了。坟墓就是一个砖堆。里面刚好够她直直地平躺着。平躺在一个砖砌的坟墓里,她说。这就是结局,她打了个哈欠,关上了书。

她放平了身子,躺到冰冷光滑的被单下面,拖过枕头压住耳朵。被单和毯子轻柔地包裹着她。床底是一张凉爽平展的床垫。舞曲音乐声变得沉闷了。她的身体突然下落,落到了地面。一只黑色的翅膀扫过她的头脑,留下一阵沉寂、一片空白。所有东西——音乐、说话声——都被拉伸延展，陷入混沌。书落到地板上，她睡着了。

"今晚真迷人。"和舞伴一起走上铁楼梯的女孩说着。她把手放在栏杆上。栏杆非常冷。她抬起头，月亮四周笼着一层黄光，似乎在围着月亮晒笑着。她的舞伴也抬起头，接着又上了一级台阶。他没说话，他有些害羞。

"明天去看比赛吗？"他呆板地说。他们还不太认识对方。

"如果我哥哥能及时来接我的话就去。"她说，也上了一级台阶。当他们走进舞厅，他对她微微颔首，离开了，因为他的舞伴在等他。

明月此时无云陪伴，孤零零地挂在一片空旷里，就好像月光已经吸走了云朵的沉重，留下一条干净无人的人行道、一个狂欢的舞池。色彩斑驳的天空好一段时间都没有什么变化。接着来了一股风，一片薄云掠过了月亮。

卧室里有声音。萨拉翻了个身。

"是谁？"她喃喃道。她坐了起来，揉着眼睛。

是她姐姐。她正站在门口，犹豫着。"睡着了？"她低声问。

"没有。"萨拉说,她揉着眼睛。"我醒着呢。"她睁开眼睛说。

玛吉走进房间,在床边坐下。窗帘被吹了起来,被单滑下了床。她一下子有些头晕目眩。从舞厅回来,这里显得十分凌乱。洗手台上放着平底玻璃杯,里面插着一把牙刷;毛巾皱巴巴地挂在毛巾架上;一本书落在地板上。她弯下腰捡起了书。正在此时,街那头突然响起音乐声。她拨开窗帘。穿暗淡连衣裙的女人们,穿黑白衣服的男人们,正拥挤在通往舞厅的楼梯上。一阵阵谈笑声穿过花园传了过来。

"那儿在办舞会?"她问。

"是的,在街那头。"萨拉说。

玛吉向外看去。从这个距离听上去音乐声显得浪漫神秘,各种色彩相互交融,既非粉色,也不是白色或蓝色。

玛吉站直了身子,取下了胸前别着的花。花儿已经蔫了,白色花瓣上沾了黑点。她又看向窗外。各种颜色的灯光混杂,光怪陆离,一片叶子显出可怕的绿色,另一片却是明亮的白色。高高低低的枝条相互交错。萨莉突然大笑起来。

"有没有人给了你一片玻璃,"她说,"还对你说,帕吉特小姐……我破碎的心?"

"没有,"玛吉说,"为什么?"花朵从她膝头落到地板上。

"我在想,"萨拉说,"花园里的人……"

她对着窗户挥了挥手。她们俩沉默了一会儿,听着舞会的音乐。

"你和谁坐在一起?"过了一会儿,萨拉问道。

"一个穿金丝花边的男人。"玛吉说。

"金丝花边?"萨拉说。

玛吉没作声。她的眼睛已经习惯了房间,不再感觉到这里的凌乱和舞厅里的光鲜之间的强烈对比。她嫉妒妹妹能躺在床上,开着窗,吹着微风。

"因为他要参加舞会啊。"她说。她停住了。有什么东西吸引住了她的眼光。微风中一根树枝上下摇曳。玛吉拉开窗帘,让窗外景色一览无余。此时她能看见整个天空、一座座房子和花园里的树枝。

"是月亮。"她说。是月亮把树叶变成了白色。她们俩一起看着月亮,它闪耀着,像一枚银币,打磨得十分明亮,锋利而硬实。

"如果他们不说'噢,我破碎的心',"萨拉说,"那他们在舞会时说些什么呢?"

玛吉弹去了胳膊上从手套里沾上的一小片白色的东西。

"有些说这个,"她站起身说,"有些说那个。"

她拾起放在床单上的小褐皮书,抚平了床单,萨拉把书从她手里抽了出来。

"这个人,"她拍了拍难看的小褐皮书,说,"他说世界无他,只是思想,玛吉。"

"是吗?"玛吉说,把书放到洗手台上。她知道这是想把她留在这儿说说话的小把戏。

"你觉得他说得对吗?"萨拉问。

"有可能。"玛吉说,想都没想自己在说什么。她伸出手去拉窗帘。

"这世界无他,只是思想,他这么说吗?"她重复道,拉开窗帘。

之前在出租马车经过九曲桥的时候,她正在想着差不多的东西,母亲打断了她的思绪。她当时正在想,我是这个,还是那个?我们是一个整体,还是个别的人——之类的东西。

"那树又怎样?颜色又是怎样?"她转身问道。

"树?颜色?"萨拉重复道。

"如果我们没看到树的话,那树还在那儿吗?"玛吉说。

"我是什么?……我……"她停下来。她不知道自己是什么意思。她只是胡言乱语。

"是的,"萨拉说,"我是什么?"她紧紧拉着姐姐的裙子,不知道她是不让姐姐走,还是她想争论这个问题。

"我是什么?"她重复道。

门外传来窸窸窣窣的声音,母亲进来了。

"亲爱的孩子们!"她轻呼道,"还没上床吗?还在说话?"

她穿过房间走了过来,容光焕发,光彩照人,似乎还没从舞会的影响下恢复过来。脖子上、胳膊上的珠宝闪闪发光。她美丽极了。她环顾四周。

"花在地板上,到处都乱七八糟。"她说。她拾起玛吉掉在地上的花,咬在双唇间。

"因为我在看书,妈妈,我在等你们。"萨拉说。她拿起母亲的手,抚摸着她光光的胳膊。她模仿母亲的样子那么像,玛吉禁不住笑了。她们两个完全是两个极端——帕吉特夫人华丽丰满,萨莉瘦骨嶙峋。可是这奏效了,萨莉心里想,因为帕吉特夫人任自己被拉到了床边。这番模仿简直完美。

"不过你得睡觉了,萨尔①,"她抗拒道,"医生怎么说的?静静地平躺着,他说。"她把萨莉推回到枕头上。

"我就是静静地平躺着的,"萨拉说,"现在——"她抬头看着母亲,"说说舞会怎么样吧。"

玛吉直立在窗前。她看着走下铁楼梯的一对对男女。很快花园里就满是暗淡的白色和粉色的身影,进进出出的。她模糊地听到她们在谈论着舞会。

---

① 萨尔也是萨拉的昵称。

"舞会很不错。"母亲正在说。

玛吉看向窗外。花园里的广场上充满了色调各异的颜色。一层层颜色如同一道道波纹,一层覆盖在另一层上面,等到了房子里的灯光投射出来的地方,就突然变成了身着全套晚礼服的先生女士们。

"没有鱼刀吗?"她听到萨拉在问。

她转过头。

"坐我旁边的那人是谁?"她问。

"马修·梅休爵士。"帕吉特夫人说。

"马修·梅休爵士是谁?"玛吉问。

"他是最杰出的男人,玛吉!"母亲伸出手,说。

"最杰出的男人。"萨拉回音似的说。

"他确实是的。"帕吉特夫人重复道,笑着看着她爱的女儿,也许是因为她的肩膀才爱她的。

"能坐在他旁边是种荣幸,玛吉。"她继续说,"极大的荣幸。"她带着责备的口吻。她停下了,好像看到了什么景象。她抬起头来。

"然而,"她接着说,"当玛丽·帕尔默问我,哪个是你的女儿?我看到玛吉,远远的,在房间的另一头,在和马丁说话,而她差不多每天都会在公共汽车上碰到他!"

她十分用力地说着这句话,故意造成抑扬顿挫的效果。她更是用手指在萨莉的光胳膊上轻轻点着,进一步强调着节奏。

"我没有每天见到马丁。"玛吉反对说。

"自从他从非洲回来我就没见过他。"母亲打断了她。

"亲爱的玛吉,你去舞会不是去和你自己的堂兄聊天的。你去舞会是为了——"

这时舞会的音乐突然剧烈地响了起来。头几个和音似乎充满了狂乱的能量,好像在迫切召唤跳舞的人们回来。帕吉特夫人话没说完就停下了。她叹了口气,身子变得慵懒柔和起来。她的黑色大眼睛上沉重的眼睑也微微垂下了。她随着音乐缓缓地摆起头来。

"他们演奏的什么曲子?"她喃喃道。她哼着曲调,手打着节拍,"是我过去常跳的舞曲。"

"跳跳吧,妈妈。"萨拉说。

"是的,妈妈。让我们看看你过去是怎么跳的。"玛吉怂恿她。

"可没有舞伴——?"帕吉特夫人反对说。

玛吉推开了一把椅子。

"想象你有舞伴。"萨拉也鼓动她。

"好吧。"帕吉特夫人说。她站起身。"就像这样。"她说。她停了停,一只手拉开裙摆,另一只手拿着花儿微微弯曲;她在玛吉腾空的那块地方一圈圈旋转着。她的动作极其正式。四肢似乎都在轻快婉转的乐曲中弯曲飘舞。随着她慢慢跳起来,音乐声也变得更响亮、更清楚了。她转着圈在桌子椅子间转进转出,音乐一停,她就喊道:"就是这样!"当她叹出这句话时,她一下子跌坐在床边,她的身体似乎折叠起来合上了。

"太棒了!"玛吉惊叹道。她钦慕的眼光停留在母亲身上。

"瞎说。"帕吉特夫人大笑起来,微微喘着气,"我现在太老了,不能跳舞了;不过我年轻的时候,像你这个年纪的时候——"她坐在那儿喘着气。

"你跳着舞,跳出了房子,跳到了阳台上,发现你的花束里有一张叠着的纸条——"萨拉说,抚摸着母亲的胳膊,"讲讲那个故事吧,妈妈。"

"今晚不讲了。"帕吉特夫人说,"听——钟响了!"

大修道院很近,整点的钟声充满了房间;柔和而嘈杂,就像一连串轻柔的叹息一声紧接着一声,却掩盖住了某种硬实的东西。帕吉特夫人数着钟声。已经很晚了。

"总有一天我会给你们讲这个真正的故事。"她说,俯身亲吻女儿以示晚安。

"现在就讲!现在!"萨拉喊道,紧紧抓着她。

"不,现在不行——现在不行!"帕吉特夫人大笑起来,拉开了她的手,"爸爸在叫我了。"

她们听到外面过道上有脚步声,然后迪格比爵士的声音从门口传来。

"尤金妮!已经很晚了,尤金妮!"她们听到他说。

"来了!"她喊着,"就来!"

萨拉拉住了她的裙尾。"你还没有告诉我们花束的故事呢,妈妈!"她喊道。

"尤金妮!"迪格比爵士又喊着。他的声音听起来有些专横,"你有没有锁——"

"锁了,锁了,"尤金妮说,"我下次告诉你们。"她说,摆脱了女儿的手。她快速地亲了亲她们俩,走出了房间。

"她才不会告诉我们。"玛吉说,拾起了她的手套。她的声音里有些怨恨。

她们听着过道里说话的声音。她们能听见父亲的声音。他在说着告诫的话,声音听起来有些埋怨,有些生气。

"脚尖旋转,他的剑夹在两腿之间;胳膊下夹着歌剧帽,腿之间夹着剑。"萨拉说,狠狠地用拳头击打着枕头。

过道里的说话声远了,下了楼。

"你觉得那个纸条是谁写的?"玛吉说。她停下了,看着妹妹猛击着枕头。

"纸条?什么纸条?"萨拉说,"啊,花束里的纸条。我不记得了。"她说着,打了个哈欠。

玛吉关上窗户,拉上窗帘,但她留了一个缝隙。

"把窗帘拉紧,玛吉。"萨拉急躁地说,"把那些喧闹声关在外面。"

她背对窗户,蜷成一团。她已经拉起了一截枕头,盖住脑袋,好像这样就能把外面仍在演奏的舞曲音乐隔绝开来。她把脸埋进枕头间的缝隙里,看上去就像一只蝶蛹,被纯白色的床单褶皱包裹着。只能看到她的鼻尖。她的臀部和脚从床边露了出来,只盖了一层被单。她深深叹了口气,又像是鼾声,她已经睡着了。

玛吉沿过道走着。她看到楼下的门厅里有灯光。她停下来,从栏杆上往下看。门厅的灯亮着。她可以看到门厅里立着那把巨大的镀金兽爪足端的意大利椅子。母亲把晚装斗篷扔在了上面,柔软的金色褶皱披在深红色的椅面上。她看到门厅的桌上有一个托盘,里面放着威士忌和一根苏打水吸管。接着她听到父亲母亲说话的声音,他们正从厨房楼梯上来。他们去了地下室,街上曾来过夜贼,母亲答应要在厨房门上装一把新锁,但她忘了。她听到父亲在说:

"……他们会把它熔化掉,我们再也要不回来了。"

玛吉朝楼上走了几步。

"对不起,迪格比。"他们走进了门厅,尤金妮说,"我会在手帕上打个结提醒自己。明天一早吃完早饭我就马上去……"她说,收起斗篷搭在胳膊上,"我亲自去,我还会说：'我受够你的各种借口了，托伊先生。不，托伊先生，你已经骗过我很多次了。这么多年都是这样！'"

　　说话声停了。玛吉能听到苏打水被喷到水杯里的声音，然后是玻璃杯的叮当声，接着灯光灭了。

1908 年

　　正值三月，吹着风。其实不是"吹"，而是刮，是鞭打。如此无情的风，如此不合时宜。它不只是吹白了脸庞，在鼻子上吹出了红点；它掀起裙子，露出粗壮的腿，把长裤吹得紧贴在腿上，显出瘦骨嶙峋的小腿。这风里没有圆滚滚的果实，反而更像一把长柄大镰刀弯曲的刀刃，割起来十分锋利，只是割的不是玉米；它摧毁一切，为这不毛之地狂喜。一阵狂风吹走了颜色，即便是国家美术馆的伦勃朗画作，或是邦德街橱窗里的纯色红宝石，一吹就没了颜色。若说它的繁育之地，那就是道格斯岛上，在某个被污染的城市的河岸边，毫无生气的济贫院旁摆满的马口铁罐子里。它将腐叶抛起，令它们的存在状态更加低级，鄙视它们、嘲弄它们，却没有别的东西来代替这群被鄙视、被嘲弄的东西。腐叶坠落。风呼啸而过，摧毁一切的喜悦，它的能量——剥去树皮、吹落鲜花、露出白骨。它一成不变、枯燥无味地吹白了每一扇窗户,将老先生们吹进了俱乐部里弥漫皮革气味的越来越深的深深处,将老夫人们吹到卧室和厨房里,两眼无神、面颊僵硬、无精打采地坐在流苏装饰的椅套上。它肆意放纵,吹空了街道,扫清眼前的活物,猛地吹至海陆军商店外停住的一辆垃圾车,吹落在人行道上,散落的一堆旧信封,一卷卷碎发,各种废纸,血迹斑斑的、黄渍斑斑的、染污了油墨的,将它们吹得刮过地面,刮上石膏雕像的腿、灯柱、邮筒,狂乱地紧贴住路边的栏杆。

看房人马蒂·斯泰尔斯,在布朗恩街房子的地下室里缩成一团,她抬起头看着。人行道上一团尘土被吹得嗒嗒乱飞。尘土从门缝、窗框缝飘进了屋,飘上了柜子和梳妆台。但她并不在意。她是一个不幸的人。她本以为这份工作很安稳,至少能做到夏末。结果夫人去世了,先生也一样。她是通过她儿子得到这份工作的,她儿子是个警察。这房子及地下室在圣诞节之前是不能租出去的——他们是这么告诉她的。那些由中介安排来看房的人,她只需带他们四处看看。她总是提到地下室里有多么潮湿。"看天花板上的水渍。"确实有,没撒谎。也都一样,从中国来的那帮人照样喜欢。他说,这房子很合适。他在城里做生意。她是个倒霉的人——过了三个月得到了证明,她只好寄宿到皮姆利科她儿子的家里。

门铃响了。就等他按铃吧,按吧,她吼道。她再也不会去开门了。他就在那儿,站在门口。她可以看到栏杆旁立着一双腿。任他想按多久就按多久。这房子已经卖出去了。他难道看不见告示板上的通知吗?不会读吗?没长眼吗?她朝着火炉缩得更紧了,火上已经裹住了灰白的炭灰。她能看到他的腿在那儿,站在门口,在金丝雀笼子和那堆脏衣服之间,她本打算去洗的,可这风吹得肩膀疼得受不了。让他把房子都按垮吧,她才不在乎呢。

马丁站在那儿。

房屋中介的告示板上贴了一长条鲜红色的纸,上面写着"已售"。

"已经卖了!"马丁说。他稍稍绕了点路,来看看布朗恩街的房子。而房子已经卖了。这红色的字条让他很震惊。已经卖了,而迪格比才死了三个月——尤金妮也不过一年多一点。他站了一会儿,注视着满是尘土的黑窗户。这房子很有特色,是18世纪建造的。尤金妮对这房子非常自豪。我过去很喜欢到这儿来,他想。可如今,门口地上扔着旧报纸,栏杆上缠着乱七八糟的稻草;因为没有窗帘,他能透过窗户看到里面的空房间。地下室里有一个女人正从一个笼子的栏杆后面抬头看他。再按铃也没用了。他转身离开。他走上街道时,心里感到有什么东西熄灭了。

这是个肮脏、卑鄙的结局,他想。我过去很喜欢到这儿来。但他讨厌沉迷于令人不快的想法里。有什么用呢?他问自己。

"西班牙国王的女儿,"他转过街角时哼着,"来看我……"

"老克罗斯比还要让我再等多久?"他站在阿伯康排屋的房子门前,按着门铃,心想。寒风刺骨。

他站在那儿,看着这个在建筑上毫无特色,却无疑居家十分实用的巨大宅子米黄色的门脸,他父亲和姐姐还住在这里。"现在她是越来越会花时间了。"他想,在风中瑟缩着。这时门开了,克罗斯比出现了。

"嗨,克罗斯比!"他说。

她看着他面露喜色,金牙也露了出来。他总是她最喜欢的孩子,这是他们说的,而今天这让他很高兴。

"你过得好吗?"他把帽子递给她,问道。

她还是一样——只是更萎缩了,更像个小昆虫了,她的蓝眼睛显得更突出了。

"还有风湿痛吗?"她帮他脱下外套时,他问道。她无声地咧嘴笑了笑。他感觉很亲切,他很高兴看到她还是和过去一样。"埃莉诺小姐呢?"他打开客厅门时问道。房间是空的,她不在那儿。但她刚刚在那儿待过,因为桌上放着一本书。什么都没变,他感到很欣慰。他站在壁炉前,看着母亲的画像。经过几年,它已经不再是他的母亲了,它已经成了一件艺术品。画像很脏。

草地上本来有一朵花,他想着,朝画上一个深色的角落里仔细看着;可如今那儿什么都没有,只有一块脏兮兮的褐色颜料。她在看什么书呢?他想知道。他拿起靠在茶壶上摊开的书,看了看。"勒南①。"他读道,"为什么看勒南的书?"他想,开始边看边等起来。

"马丁先生来了,小姐。"克罗斯比说,打开了书房的门。埃莉诺看上去发福了。她正站在父亲的椅子旁,双手捧着长条的剪报,好像刚才正在大声读剪报。父亲面前摆了一张棋盘,棋子都摆好了,但父亲正靠在椅背上。他看上去没精打采的,简直可以说有些阴郁。

"收起来吧……好好收到某个地方。"他说,大拇指指了指剪报。这表示他已经太老了,埃莉诺想,要把剪报保存起来。自从中风后他变得非常迟缓沉闷,鼻子上和脸上也能见到红色的血管。她自己也感觉老了,身子重了,变迟钝了。

"马丁先生来了。"克罗斯比重复道。

"马丁来了。"埃莉诺说。父亲似乎没有听见。他静静地坐着,头垂在胸前。"马丁,"埃莉诺又说,"马

---

① 约瑟夫·欧内斯特·勒南(Joseph Ernest Renan,1823-1892),法国研究中东古代语言文明的专家、哲学家、作家。

丁……"

他想见马丁,还是不想见马丁?她等着,好似在等着什么迟缓的念头慢慢冒出来。最后他终于咕哝了一声,但到底是什么意思,她无法确定。

"喝完茶后我让他进来。"她说。她等了一会儿。他回过神来,开始摸索他的棋子。他还有胆气,她骄傲地看着他。他还是坚持要自己做事情。

她走进客厅,看到马丁正站在母亲沉静微笑着的画像前面。他手里拿着一本书。

"为什么看勒南?"他见她进去,问道。他合上书,亲吻了她。"为什么看勒南?"他又问。她有些脸红。不知怎么,被他发现她在看那本书,让她有些害臊。她坐下来,把剪报放到茶桌上。

"爸爸怎样了?"他问。她脸上的红润光泽少了一些,他看了她一眼,想着,头上也有一丝白发了。

"情绪有些低落。"她说,看了眼剪报。

"真不知道,"她又说,"是谁写的那种东西?"

"哪种东西?"马丁问。他拿起一条皱巴巴的剪报,开始读道:"'……一位优秀干练的公务员……一个兴趣广泛的人……'噢,迪格比。"他说,"是讣告。我今天下午去过那房子了。"他又说,"已经卖了。"

"已经卖了?"埃莉诺说。

"看起来没住人,已经很荒凉了。"他说,"地下室里有一个脏兮兮的老妇人。"

埃莉诺掏出一支发夹,开始拨弄茶壶底下的炉芯。马丁沉默地看了她一会儿。

"我以前喜欢去那儿,"他最终说道,"我喜欢尤金妮。"他又说。

埃莉诺停住了。

"对……"她犹豫地说。她自己从来都觉得和尤金妮在一起不自在。"她很夸张。"她又说。

"哦,那当然。"马丁笑了起来。他微笑着想起了过去的事。"她喜欢想象,比……那没用的,内尔。"他对她捣鼓炉芯有些恼怒,话也没说完。

"有用的,"她辩解说,"水会马上开的。"

她停下了,手伸向茶罐去舀茶叶。"一、二、三、四。"

她数着。

他注意到她还在用那个漂亮的旧银茶罐,盖子是滑动的。他看着她有条不紊地舀着茶叶——一、二、三、四。他沉默着。

"我们不能靠说谎来拯救灵魂。"他突然说。

他为什么这么说?埃莉诺心想。

"当我和他们一起在意大利的时候——"她大声说。这时门开了,克罗斯比端着吃的东西进来了。她没关门,一只狗从她背后挤了进来。

"我是说——"埃莉诺接着说,可她又不能说她本来想说的话,克罗斯比在屋里走来走去的。

"埃莉诺小姐该买个新茶壶了。"马丁指着旧黄铜茶壶说。茶壶上镌刻着浅浅的玫瑰花图案,他过去总是不喜欢这图案。

"克罗斯比,"埃莉诺还在用发卡戳着炉芯,"她不喜欢新发明。克罗斯比不敢坐地铁,对吧,克罗斯比?"

克罗斯比咧嘴笑了。他们对她说话总是用第三人称,因为她总是不回答,光是咧嘴笑。狗儿朝她刚放下的食物猛嗅着。"克罗斯比让那家伙长太多肉了。"马丁指着狗说。

"我也总是这么说。"埃莉诺说。

"我要是你的话,克罗斯比,"马丁说,"我就让它少吃东西,每天早上带它到公园里快跑一圈。"克罗斯比张大了嘴。

"噢,马丁先生!"她抗议道。她被他的残忍无情刺激得开口说话了。

狗儿跟着她出了房间。

"克罗斯比一点没变。"马丁说。

埃莉诺提起茶壶盖子往里看。水还没冒泡呢。

"这个破茶壶。"马丁说。他拿起一张剪报,开始揉成一个纸团。

"别,别,爸爸想留着它们。"埃莉诺说,"可他以前不这样。"她把手放在剪报上,说,"一点都不。"

"那他以前是怎样的?"马丁问。

埃莉诺没说话。她的脑海中能清楚地看到叔叔,他手里拿着高帽子,他们一起站在某张画作前面,他把手放在她肩上。可她该怎么形容他呢?

"他以前常带我去国家美术馆。"她说。

"很有文化,当然了。"马丁说,"可他是个可恶的势利小人。"

"只是表面上而已。"埃莉诺说。

"而且总是对尤金妮挑刺儿,尽是芝麻小事。"马丁说。

"想想吧,和她一起生活。"埃莉诺说。

"那种样子——"她举起了手,但不像尤金妮举起手的样子,马丁想。

"我喜欢她,"他说,"我喜欢去那儿。"他看到那凌乱的房间,钢琴盖开着,窗户开着,一阵风吹起窗帘,婶婶张开双臂走了过来。"真高兴,马丁!真让人高兴啊!"她会说。她的私人生活是怎样的,他想知道,她的风流韵事?她一定有的,十分显然。

"不是说有什么故事吗?"他开口说,"关于一封信?"他本来想说,她不是和什么人有过什么暧昧关系吗?不过要和他姐姐说这个,比起对其他女人说更难以开口,因为她还把他当成小男孩。埃莉诺可曾恋爱过,他猜想着,看着她。

"是的,"她说,"是有故事——"

这时电铃突然响了,她停下了。

"是爸爸。"她说,正要起身。

"不,"马丁说,"我去。"他站起来,"我答应过要陪他下盘棋。"

"谢谢,马丁。他一定很高兴的。"埃莉诺说。他离开了房间,又是她自己一个人了,她觉得一身轻松。

她靠在椅背上坐着。年老多么可怕啊,她想;一个人身上的能力被一样样剥掉,只剩下内心的东西还存活着,只剩下——她收拾起所有剪报——一盘棋、公园里的一游,还有傍晚阿巴斯诺特将军的一次来访。

还不如死了,就像尤金妮和迪格比,正值盛年,身上的能力还算完整。而他不是那样的,她想着,扫了一眼剪报。"一个极其英俊的男子,……狩猎、渔钓、打高尔夫。"不,一点都不像那样。他曾是一个求知欲很强的人,软弱、敏感,喜欢头衔,喜欢画作,她猜想,常常因为感情太丰富而情绪低落。她推开剪报,拿起自己的书。同一个人,在不同的两个人的眼里是如此不同,这真是奇特啊,她想。马丁喜欢尤金妮,而她喜欢迪格比。她开始看书。

她一直都想要好好了解一下基督教,它的起源、最初的意义。上帝就是爱,天国就在我们身边,诸如此类的话,她翻看着书页,心想,这些话到底是什么意思?这些字表面上很美。但是谁说的,什么时候说的?茶壶嘴突然对着她喷出了蒸汽,她把茶壶移开。风吹着后屋的窗户咔哒作响,吹弯了矮小的灌木丛,灌木还没长叶子。她想,是一个人在山坡上一棵无花果树下说了这些话。另一个人把它写了下来。然而,试想那个人说的话全是谎言,就像现在这个人——她用勺子碰了碰剪报——说的关于迪格比的话?而我在这儿,在这间客厅里,她看着荷兰式橱柜上的瓷器,心想,从某个人许多许多年前说的话里找到一点意义——这些话(瓷器从蓝色变成了青灰色)越过许多许多山,跨过许多许多海,来到这里。她找到了书上自己之前看到的地方,开始看起来。

门厅里一声响打断了她。是有人来了么?她倾听着。不,只是风。风刮得很厉害,挤迫着房子,紧紧夹住,然后放开,任其土崩瓦解。楼上一扇门砰的一声,上面卧室的窗户肯定没关。百叶窗在啪哒啪哒作响。她无法再集中注意力在勒南的书上。她喜欢他的书。她能轻松地阅读法语、意大利语,还会一点德语。可是在她的知识层面,却有着多么巨大的缺口、空白,她靠在椅背上,想着。她对一切都知道得那么少。比如这只杯子,她把杯子举到面前。它是由什么构成的?原子?而什么是原子,它们又是如何聚合在一起的?瓷器光滑坚硬的表面上鲜红的花朵,一时间在她看来仿佛是惊人的不解之谜。门厅里又传来一个声音,是风,但同时也有说话的声音。一定是马丁。但他在和谁说话呢?她想。她倾听着,但因为风声,听不清他在说些什么。她想,为什么他说我们不能靠撒谎来拯救自己的灵魂?他想的是他自己,当人们想着自己的时候,从他们说话的语气里就能听得出来。也许他是为他离开军队寻找理由。他那样做很有胆量,她想;可是,听着说话声,她又想着,他为什么也会成为这样一个花花公子,这不是很奇怪吗?他穿了一件新的白色条纹的蓝色西装。他也剃掉了胡须。他根本不该去当兵,她想;他太过于好斗了……他们还在说话。她听不见他说些什么,但从他的语调听来,她突然觉得他一定有很多风流韵事。是的,听着从门缝里传过来的他的声音,她觉得简直是再清楚不过了,他一定有一大堆风流韵事。但是和谁呢?为什么男人们都很看重风流韵事?她正想着,门开了。

"嗨,罗丝!"她惊呼道,看到妹妹也走了进来她大吃一惊,"我以为你在诺森伯兰郡!"

"你以为我在诺森伯兰郡!"罗丝大笑起来,亲吻了她,"可是为什么呢?我说过十八日回来的。"

"可今天不是十一日吗?"埃莉诺说。

"你只晚了一周,内尔。"马丁说。

"那我写的信日期全错了!"埃莉诺惊呼道。她担心地扫了一眼书桌。那只海象,背上的毛刷有一块已经秃了,现在已经不在那儿了。

"喝茶吗,罗丝?"她问。

"不，我只想洗个澡。"罗丝说。她摘下帽子，用手指梳着头发。

"你看起来很漂亮。"埃莉诺说，心想，她真是很漂亮。只是在下巴上有块擦伤。

"一个真正的美人，对吧？"马丁取笑她。

罗丝像匹马一样猛地一仰头。他们总是斗嘴，埃莉诺想——马丁和罗丝。罗丝很漂亮，但埃莉诺希望她能穿得更好一些。她穿了一件绿色的长毛外套，下面是带皮扣的裙子，背了个亮闪闪的包。她一直在北部开会。

"我想洗个澡。"罗丝说，"我脏死了。这些是什么？"她说，指着桌上的剪报。"哦，迪格比叔叔。"她随口说道，推开了剪报。他已经死了好几个月了，剪报都已经发黄卷边了。

"马丁说房子都卖掉了。"埃莉诺说。

"是吗？"她淡然地说。她掰下一块蛋糕，开始吃起来。"影响我的晚餐了，"她说，"可我没时间吃午餐。"

"她真是个行动派的女人呢。"马丁打趣她说。

"会开得怎么样?"埃莉诺问。

"对,北部怎么样?"马丁说。

他们开始谈起了政治。她在一次补充选举上讲话时,有人朝她扔了一块石头。她抬起手,挡住了下巴。不过她觉得很高兴。

"我想我们还是给了他们一些东西,让他们好好想想。"她说,又掰下了一块蛋糕。

她应该去当兵的,埃莉诺想。她和老帕吉特叔叔骑在帕吉特骏马上的那幅画像一模一样。而马丁,现在他剃掉了胡须,露出了嘴唇,应该去当——什么呢?也许当个建筑师,她想。他那么——她抬起头来。这时候下起了冰雹。白色的冰雹如冰柱般划过后屋的窗口。一阵狂风刮过,小灌木丛被吹得发白,弯下了腰。楼上母亲的卧室里一扇窗户砰地一声巨响。也许我该去把它关了,她想。一定马上就要下雨了。

"埃莉诺——"罗丝说。"埃莉诺——"她又喊了一声。

埃莉诺一惊。

"埃莉诺又在'孵蛋'了。"马丁说。

"没有,根本没有——根本没有。"她抗议道,"你们在说什么?"

"我在问你,"罗丝说,"你还记得显微镜被弄坏了的那次争吵吗?我在北部遇到了那个男孩,那个样子长得像白鼬的讨厌的男孩——厄瑞奇。"

"他并不讨厌。"马丁说。

"他就是讨厌。"罗丝坚持说,"一个讨厌的告密者。他假装是我弄坏了显微镜,而事实上是他弄坏的……你还记得那次吵架吗?"她转向埃莉诺说。

"我不记得了,"埃莉诺说,"吵架次数太多了。"她又说。

"那是吵得最厉害的一次。"马丁说。

"没错。"罗丝说。她撅起了嘴唇,似乎是想起了什么往事。"吵完架后,"她转向马丁说,"你跑到育儿房来,叫我和你去圆池捉虫子。你还记得吗?"

她停下了。她似乎是记起了什么怪异的事,埃莉诺看出来了。她的声音中有一种奇特的紧张。

"然后你说:'我会问你三次,如果第三次你还不回答的话,我就自己去。'我心里发誓:'我就让他自己去。'"她的蓝眼睛闪闪发光。

"我记得,"马丁说,"你穿着粉色连衣裙,手里拿着一把小刀。"

"然后你就去了。"罗丝说,声音里有种强压住的热烈,"然后我冲进浴室,划了这个口子——"她露出她的手腕。埃莉诺看着,在手腕上面一点有一条细细的白色疤痕。

她是什么时候干的?埃莉诺心想。她不记得了。罗丝把自己锁在浴室里,用刀子切开了手腕。她根本不知道这事。她看着白色的疤痕,一定是流了血的。

"噢,罗丝总是个暴脾气!"马丁说,站起身来,"她的脾气大得不得了。"他又说。他站了一会儿,环视客厅,客厅里杂乱地摆放着几件丑陋的家具。他想,要是他是埃莉诺,要是他被迫住在这儿,他肯定会把这些家具扔掉。不过她也许并不在意那些东西。

"在外面吃饭吗?"她问。他每晚都在外面吃饭。她本想问问他都去哪些地方吃饭。

他点了点头,没说话。她想起来,他遇到各式各样的人,都是她不认识的,而且他也不想谈论这些人。他已经转向了壁炉那边。

"那幅画该清洁一下了。"他说,指着母亲的画像。

"这幅画不错,"他又说,仔细打量着画,"不过,草地那儿不是本来有朵花吗?"

埃莉诺看着画。她已经有很多年没有好好看过这幅画了。

"是吗?"她说。

"是的,一朵蓝色的小花。"马丁说,"我记得小时候……"

他转过了身。他看到罗丝坐在茶桌边,仍然捏着拳头,他心里涌起了儿时的往事。他看到她背靠教室门口站着,满脸通红,嘴唇闭得紧紧的,和现在一模一样。她本来想让他做些什么。他手里团了一个纸团,朝她扔了过去。

"孩子们的生活多么糟糕!"他穿过房间,朝她挥着手说,"不是吗,罗丝?"

"是的，"罗丝说，"而且他们没人可说。"她又说。又是一阵狂风，传来玻璃破碎的声音。

"皮姆小姐的温室吗？"马丁把手放在门把上，停下了。"皮姆小姐？"埃莉诺说，"她已经死了二十年了！"

1910 年

这是乡村里再平常不过的一天,是岁月由绿转为金黄、由草叶转为收获的日子里漫长的一天。天不冷也不热,如同英国的春日,明媚灿烂,但山后一片灰紫色的云似乎预示着会下雨。草地上荡起阴影的波纹,一会儿又是阳光的涟漪。

然而在伦敦,尤其在西区,旗帜飞扬的地方,已经感受到了季节的苛难和压力;手杖捣地,裙裾飞舞;新漆的房屋拉开了遮阳篷,挂起了红色天竺葵的吊篮。公园里也一样,圣詹姆斯公园、格林公园、海德公园,全都做好了准备。早晨在人流出现之前,在卷曲的风信子丰厚的黑土花床边,就已经整整齐齐摆好了绿色椅子,就像在等着什么事情发生,等着帘布拉起,等着亚历山德拉王后到来,通过一道道拱门,频频向人们颔首致意。她胸前别着粉色康乃馨,面容如花瓣般娇美。

男人们躺在草地上,敞着衬衫,看着报纸;大理石拱门旁,冲刷得干干净净、光秃秃的广场上,演讲者们正在聚集;保姆们茫然地看着他们;母亲们蹲在草地上,看着孩子们玩耍。沿着花园巷和皮卡迪利大街,街道如老虎机的槽口似的,小货车、汽车、公共汽车从里面源源不断地被吐了出来;车流停下,又忽地开动;如同一幅拼图被拼好,然后又打乱。因为此时正值热闹季节,街道上车水马龙。在花园巷和皮卡迪利大街的上空,片片云朵自由自在地飘飘停停,把窗户涂成金色、抹成黑色,飘然而过,倏然而逝,就连意大利采石场里那上面黄色花纹交错的闪闪发光的大理石,都比不上公园巷上空的云朵这般坚实。

要是公共汽车在这儿停下,罗丝垂眼望着一旁,心想,她就起身下车。公共汽车停下了,她站起身。她踏上人行道,瞟了一眼裁缝店橱窗里自己的身影,心想,自己没穿好一点,没打扮漂亮一点,真是太可惜了。总是穿着从怀特莱斯买来的二手服装、外套和裙子。不过这样节省时间,而且这些岁月——她已经四十多岁了——已经让她不再会去在乎别人是怎么想的了。他们以前常会问她,你为什么不嫁人？为什么不做这、不做那？多管闲事。不过现在不会了。

她习惯性地停在了桥上凸出去的一个小观景台里。总是有人会停在那里看河景。河水流得很快，水面平滑，波光粼粼，在这个早晨呈现出浑浊的金色。水面上可以看到常见的拖船和驳船，盖着黑油布，下面露出了玉米。河水在桥墩处打着漩涡。她站在那儿，看着下面的河水，某些尘封的情感开始将眼前的水流排列成一种图案。这图案令她痛苦。她记得她是如何在某次约会后的夜晚，站在这里哭泣；她的眼泪落下，她觉得自己的快乐也随之坠落。然后她转过头——这时她也转了头——她看到城里的教堂、桅杆和屋顶。就是那个景象，她当时心里想着。这景象确实辉煌灿烂……她看着，然后回过头来。那儿是国会大厦。她脸上渐渐出现了一种古怪的神情，既像皱眉，又像微笑；她微微朝后侧着身子，像是在带领一支军队。

"该死的谎言！"她大声说，一拳砸在栏杆上。路过的一个职员模样的人惊讶地看着她。她大笑起来。她总是大声说话。为什么不呢？那也是她自我安慰的一种方式,就像她的外套和裙子,那顶她不用照镜子就胡乱扣在头上的帽子。如果人们要笑她的话,就让他们笑去吧。她大步向前走去。她要到海亚姆斯广场(Hyams Place)和堂姐妹们吃午饭。她是在商店里碰到玛吉,一时心血来潮开口约她们的。当时她先是听到说话声,然后看到一只手。这是多么奇怪啊,想想看,她对她们并不熟悉,他们一家本来住在国外,她坐在柜台前,玛吉还没看到她,她也只是听到玛吉的声音,她就感觉到一种——她觉得是喜欢?——一种来自相同血液的感情。她站起来问,我能来看你吗?玛吉那么忙,她不想在白天打扰。她继续走着。他们住在海亚姆斯广场,在河对岸——海亚姆斯广场,那一小圈新月形的老房子,"海亚姆斯广场"的名字刻在正中,她过去住在那边时常常经过这里。在那些久远的日子里,她常常会问自己,谁是海亚姆(Hyam)?但她从没有找到过让自己满意的答案。她继续走着,过了桥。

河的南岸破旧的街道十分嘈杂,从一片喧闹声中不时冒出一个声音。一个女人正对着邻居叫嚷着,一个孩子在哭。一个推手推车的男人张着大嘴,对着经过的窗户大声叫卖着。他的手推车上塞满了床架、炉栅、拨火棍和奇形怪状的扭曲的铁器。不过他到底是卖旧铁的还是买旧铁的，就很难说了；他喊得很有节奏，但喊的是什么就完全听不出来。

各种声音的混杂、车流人流的喧闹、小商小贩的叫卖、四面八方的叫喊声，全都传进了海亚姆斯广场的那座房子的楼上房间里，萨拉·帕吉特正坐在钢琴前。她正在唱歌。她突然停下来，看着正在摆桌子的姐姐。

"去山谷探索，"她看着姐姐，哼着，"拔出每一朵玫瑰。"她停下来。"真漂亮。"她梦呓似的说。玛吉拿来了一束鲜花，剪开了捆扎鲜花的细绳，把花儿一朵朵摆在桌上，正把它们插进一个陶罐里。各色的鲜花，蓝色、白色和紫色。萨拉看着她摆弄着插花，突然大笑起来。

"你在笑什么？"玛吉心不在焉地问。她往陶罐里又插了一朵紫花，打量着。

"冥想的狂喜令她眩晕，"萨拉说，"孔雀的羽毛沾满晨露，遮蔽了她的眼——"她指着桌子说。"玛吉说，"她跳了起来，用足尖旋转着，"三等于二，三等于二。"

她指着桌上，上面摆了三个人的餐具。

"确实是三个人啊，"玛吉说，"罗丝要来。"萨拉停下了，她的脸拉长了。

"罗丝要来？"她问。

"我告诉过你的，"玛吉说，"我说过的，罗丝周五要过来吃午餐。今天就是周五。罗丝要来吃午餐。随时都会到的。"她说。她站起身来，开始收拾地板上摆着的东西。

"今天周五，罗丝要来吃午餐。"萨拉重复道。

"我说过了，"玛吉说，"我在一家店里，正在买东西。有人——"她停下来，把她正收拾的东西仔仔细细叠好——"从一个柜台后面冒了出来，说'我是你的堂妹罗丝'，她说，'我能来看看你吗？随便哪天，随便什么时候都行。'所以我说，"她把东西放在椅子上，"来吃午饭吧。"

她环顾房间，确认一切都准备就绪。还缺椅子。萨拉拉过来一把椅子。

"罗丝要来，"她说，"她就坐这儿。"她把椅子放到面向窗户的桌子一侧，"然后她会摘下手套，她会放一只在这边，一只在那边。然后她会说，我还从没来过伦敦这个区。"

"然后呢?"玛吉说,看着桌子。

"你就说:'这里去剧院很方便。'"

"然后呢?"玛吉说。

"然后她就有点期待地微笑着,侧着头说:'你经常去剧院吗,玛吉?'"

"不,"玛吉说,"罗丝是红头发。"

"红头发?"萨拉喊着,"我以为是灰色的——一小绺头发从黑色贝雷帽下滑落出来。"她又说。

"不,"玛吉说,"她头发很多,是红色的。"

"红色的头发,红色的罗丝[①]。"萨拉叹道。她足尖点地旋转着。

"罗丝,我心火热;罗丝,我心燃烧;罗丝,厌尘倦世——红色、红色的罗丝!"

楼下一声门响,她们听到脚步声走上楼梯。"她来了。"

[①] 罗丝(Rose),英文原意为玫瑰,下文中萨拉说的话或是引用的歌词等都有双关之意。

玛吉说。

脚步声停了。他们听到有声音说:"还往上吗?在顶楼?谢谢你。"然后脚步声又继续往上。

"这是最痛苦的折磨……"萨拉开口说,她双手绞在一起,缠在姐姐身上,"生活……"

"别犯傻了。"玛吉说,把她推开。门也开了。

罗丝走了进来。

"多年不见了。"她说,握了握她们的手。

她不知道自己为什么想来。所有一切都和她想象的不同。屋里显得非常贫困窘迫,地毯都盖不住地板。角落里摆了一台缝纫机,玛吉也和她在商店里见到的有些不一样。可她认出了那把深红色镀金椅子,心里稍有些安慰。

"那东西以前是放门厅里的,是吧?"她说,把手袋放在椅子上。

"是的。"玛吉说。

"那面镜子——"罗丝说,看着窗户间挂着的那面布满斑点的老式意大利镜子,"也是那儿的吧?"

"是的,"玛吉说,"放在我母亲的卧室里的。"

一阵沉默,一时间仿佛无话可说。

"你们找到的房子真不错!"罗丝继续说,想打开话题。房间很大,门框上没什么雕花。"可你们不觉得这里有点吵吗?"她接着说。

有人正在窗下叫卖。她看向窗外。对面是一排石板屋顶,就像半开的雨伞;在屋顶上方立着一座高耸的大楼,大楼除了一些横着的细细的黑线条外,似乎整个都是用玻璃建成的。那是座工厂。下面街上的小贩正叫卖着。

"是,是有点吵,"玛吉说,"不过这里很方便。"

"方便去剧院。"萨拉说,放下了一盘肉。

"我记得我也是这么感觉的,"罗丝转头看着她说,"那时候我也住这儿。"

"你也住这儿?"玛吉说,开始分起肉饼来。

"不是这里,"她说,"是街角那边。和一个朋友一起。"

"我们以为你住在阿伯康排屋。"萨拉说。

"就不能住在好几个地方吗?"罗丝问,隐隐觉得有些恼怒,因为她在许多地方住过,有过不少爱好和感情,也做过许多事情。

"我记得阿伯康排屋。"玛吉说。她停了停,"那儿有一间很狭长的房间,一头有一棵树,壁炉上还有一幅画像,是一个红头发的女孩子?"

罗丝点了点头。"是妈妈年轻的时候。"她说。

"正当中还有一张圆桌?"玛吉继续说。

罗丝点点头。

"你们还有一个客厅女侍,长了双非常突出的蓝眼睛?"

"克罗斯比。她还和我们在一起。"

她们无声地吃着东西。

"然后呢?"萨拉说,她就像个孩子在等着听故事。

"然后呢?"罗丝说,"唔——"她看着玛吉,想着玛吉还是小孩子时过来吃下午茶的事。

她看到她们围坐在桌旁,她突然想起多年来都没想过的一个细节——米莉过去常常拿发卡去挑茶壶底下的炉芯。她看到埃莉诺拿着账簿坐着,她看到自己走上前说:"埃莉诺,我想去兰黎商店。"

她的过去似乎正超越了现在。不知怎么,她想要谈论过去,想要告诉她们一些关于自己的,而她从没有告诉过任何人的事，一些秘密。她犹豫着，茫然地盯着桌子正中摆着的鲜花。她注意到黄色的釉面上有一个蓝色的结。

"我记得艾贝尔伯伯。"玛吉说，"他送给我一条项链，一条蓝色项链，上面有金色的珠子。"

"他还活着。"罗丝说。

她觉得，她们谈论着阿伯康排屋仿佛那是一场戏剧中的场景。她们仿佛是在谈论真实的人，却不是像她所感觉到的如自己般的这种真实。这让她迷惑，让她感觉自己仿佛同时是两个不同的人，仿佛同时生活在不同的时间。她是个穿粉色连衣裙的小女孩，而同时此刻又在这个房间里。窗口一阵咔哒咔哒巨响，是一辆运货马车狂风暴雨般驶过。桌上的杯子发出叮叮当当的响声。她微微一惊，从儿时的回忆中清醒过来，将杯子分开。

"你们不觉得这里非常吵吗？"她说。

"是的，但是去剧院非常方便。"萨拉说。

罗丝抬起头来。她又说了同样的话。她把我当成了一个老傻瓜，同样的话说了两次，罗丝想。她微微有点脸热。

她想，想告诉别人自己的过去，这样又有什么用呢？

什么是过去？她紧盯着陶罐，黄色的釉面上松松地系着蓝色的结。我为什么要来，她想，而她们只是在笑话我？萨拉起身开始收拾盘子。

"还有迪利亚——"她们等着时玛吉说。她把陶罐拉到面前，开始整理里面的花。她没有在听，她沉浸在自己的思绪里。罗丝看着她，想起了迪格比——她沉浸在整理鲜花之中，仿佛整理鲜花，把白花放到蓝花旁边，这就是世界上最最重要的事。

"她嫁给了一个爱尔兰人。"罗丝大声说。

玛吉拿起一支蓝花，放到一支白花旁边。

"爱德华呢？"她问。

"爱德华……"罗丝刚开口，萨拉端着布丁进来了。

"爱德华！"她听到了，喊道。

"噢我的亡妻的妹妹那凋谢的眼睛——我垂死的暮年那枯萎的枝干……"她放下布丁。"那是爱德华，"她说，"是他送我的一本书里写的。'我虚度的青春——我虚度的青春'……"这是爱德华的声音，罗丝可以听见是爱德华在说这话。他总有办法贬低自己，而事实上他自视甚高。

可这不是完整的爱德华。她不会任他被嘲笑,因为她很喜欢哥哥,很为他感到自豪。

"现在的爱德华没有那么多'虚度的青春'了。"她说。

"我觉得也是。"萨拉说,在对面她的座位上坐下。

她们都没作声。罗丝又开始打量起花来。我为什么要来?她不停地问自己。为什么她要浪费自己的早晨,影响自己整日的工作,而心里明白她们并不盼望见到她?

"再说点什么吧,罗丝,"玛吉分发着布丁,说,"再给我们讲点帕吉特家的事。"

"帕吉特家?"罗丝说。她看到自己在路灯下沿着宽阔的大街跑着。

"再平常不过了。"她说,"一个大家庭,住在一栋大房子里……"可她觉得自己就非常有意思。她停下了,萨拉看着她。

"一点都不平常,"萨拉说,"帕吉特家——"她手里正拿着叉子,于是用叉子在桌布上画了一条线。"帕吉特家的人,"她重复道,"一直走,不回头——"她的叉子碰到了盐瓶,"直到他们碰了壁,"她说,"而罗丝——"

她又在看罗丝了,罗丝稍稍挺直了身子,"罗丝用马刺轻拍身下的马,径直冲向穿金色外套的男人,还说着'去你的狗眼!'那不就是罗丝吗,玛吉?"她说,看着姐姐,好像她刚才在桌布上画了一幅罗丝的画像。

没错,罗丝拿起布丁时想,这就是我。她又产生了那种奇怪的感觉,自己同时是两个人。

"好了,吃完了。"玛吉推开盘子说,"来,坐到扶手椅里来,罗丝。"她说。

她走到壁炉边,拖过来一把扶手椅。罗丝注意到椅面下一圈圈的弹簧。

她们很穷,罗丝想,环顾四周。这就是为什么她们挑了这座房子住,因为这里便宜。她们自己做饭,萨莉去厨房准备咖啡去了。她把椅子拉到玛吉旁边。

"你们自己做衣服吗?"她指着角落里的缝纫机问道。缝纫机上还放着叠着的丝绸。

"是的。"玛吉看着缝纫机说。

"为了舞会?"罗丝说。丝绸的布料是绿色的,上面夹杂着蓝色丝线。

"明晚。"玛吉说。她把手抬到脸边，很古怪的姿势，仿佛想要隐藏些什么。罗丝想，她想在我面前隐藏自己，就像我想在她面前隐藏我自己一样。她看着玛吉，她已经站了起来，拿了丝绸和缝纫机，正在穿针。罗丝注意到她的手又大又瘦又有力。

"我从来都不会自己做衣服。"她说，看着玛吉把丝绸在针线下面铺得平平整整的。她开始感到自在了，她摘下帽子，扔到地板上。玛吉赞许地看着她。她有一种被掠夺、被蹂躏的美，更像个男人，而不是女人。

"不过，"玛吉说，开始小心翼翼地转动起手柄来，"你会做别的事情。"她的语气是那种正在做手工活的人特有的全神贯注的语气。

针头在丝绸上来回穿梭时，缝纫机发出令人感觉舒服的嗡嗡声。

"是的，我会做别的事。"罗丝说，抚摸着在她膝头伸开四肢躺着的猫咪，"当我住在这儿的时候。"

"不过那是很久以前的事了，"她接着说，"我还很年轻。和一个朋友住在这儿，"她叹了口气，"我们教那些小偷。"

玛吉什么都没说,她正嗡嗡地转着缝纫机。

"比起其他人来,我总是更喜欢小偷。"罗丝过了一会儿又说。

"嗯。"玛吉说。

"我从来不喜欢待在家里,"罗丝说,"我更喜欢自己待着。"

"嗯。"玛吉说。

罗丝继续说着话。

她发现说起话来很容易,太容易了。不需要说什么显得聪明的话,或是关于自己的话。她正说着她所记得的滑铁卢路,这时萨拉端着咖啡进来了。

"那个在康帕尼亚缠着一个胖子又是怎么回事?"她放下托盘,问道。

"康帕尼亚?"罗丝说,"没说过康帕尼亚啊。"

"从门缝里听到了,"萨拉一边倒咖啡一边说,"听起来很奇怪。"她递给罗丝咖啡。

"我以为你们在谈论意大利,谈论康帕尼亚,谈论月光。"

罗丝摇了摇头。"我们在谈滑铁卢路。"她说。可她到底都说了些什么?不只是滑铁卢路。也许她说的都是些胡言乱语。她说的都是脑子里随意冒出来的东西。

"我觉得,要是把说的话都写下来,那么全都是胡言乱语。"她搅着咖啡,说。

玛吉的缝纫机停了一会儿,她笑了。

"就算不写下来也一样。"她说。

"可那是我们了解彼此的唯一方式。"罗丝反对说。她看了看表。比她想的要晚,她站起身来。

"我得走了。"她说,"不过,你们干吗不跟我一起走?"她一时心血来潮说。

玛吉抬头看她。"去哪儿?"玛吉说。

罗丝沉默了一会儿。"去开会。"她最后说。她想要隐藏住最吸引她的东西,她觉得非常不好意思。然而她想要她们去。可为什么呢?她心想,站在那儿尴尬地等着。谁都没作声。

"你们可以在楼上等着,"她突然说,"可以见见埃莉诺,见见马丁——活生生的帕吉特家的人。"她又说。她记得萨拉用过的词。"穿过沙漠的大篷车。"她说。

她看着萨拉。萨拉坐在椅子扶手上,抿着咖啡,一只脚上下晃动着。

"我也去吗?"她含糊地问,脚还在上下晃动着。

罗丝耸了耸肩。"你想去的话。"她说。

"可我该想去吗?"萨拉继续说,还在晃着脚,"……开会?你觉得呢,玛吉?"她说,向姐姐求助,"我去还是不去?去,还是不去?"玛吉没说话。

萨拉站起来,走到窗前,站了一会儿,哼着小曲。"去山谷探索,拔出每一朵玫瑰。"她哼着。那个小贩正在走过,喊着:"有旧铁吗?有旧铁吗?"她猛地转过身。

"我去。"她说,好像下定了决心,"我穿好衣服就走。"

她跳了起来,进了卧室。她就像动物园里的那些小鸟,罗丝想,从来不飞,都是在草地上快速地跳来跳去。

罗丝转向窗户。这是条令人压抑的小巷子,她想。街角处有一家酒吧。对面的房子看上去非常肮脏,街上也十分吵闹。"有旧铁卖吗?"那人又在窗下叫喊着,"有旧铁吗?"孩子们在马路上大喊大叫,他们在人行道上粉笔画的格子里玩着游戏。她站在那儿,朝下看着他们。

"可怜的小家伙们!"她说。她拾起她的帽子,快速往上面穿了两根帽针。"你没觉得很让人讨厌吗,"她说,一边对着镜子朝帽子一侧轻轻拍了拍,"有时候晚上回家要经过街角那家酒吧?"

"你是说,醉鬼们?"玛吉说。

"是的。"罗丝说。她扣上自己定制的外套上那排皮扣,这里拍拍,那里拍拍,好像准备好动身了。

"现在你们又在说些什么呢?"萨拉拿着鞋进来了,"又一次去意大利的旅行吗?"

"没有。"玛吉说,她说得含混不清的,因为她嘴里都是针,"跟踪人的醉鬼。"

"跟踪人的醉鬼。"萨拉说。她坐下来,开始穿鞋。

"可他们从不跟着我。"她说。罗丝笑了。那是自然,她面黄肌瘦,长得又不漂亮。"我什么时候都可以走滑铁卢桥,不管白天还是晚上。"她继续说着,使劲拉着鞋带,"没人注意。"鞋带打成了结,她笨手笨脚地理着。"不过我记得,"她继续说,"一个女人告诉我的——一个非常漂亮的女人——样子像——"

"快点,"玛吉打断了她,"罗丝等着呢。"

"……罗丝等着呢。嗯,那女人告诉我,当时她到摄政公园吃冰激凌——"她站了起来,想把脚伸进鞋里,"吃冰激凌,就在树下那些小桌子那里,树下那些铺了桌布的小圆桌——"她只穿了一只鞋四处跳着,"她说,眼睛就像阳光投射一样穿透每片树叶,她的冰激凌化了……她的冰激凌化了!"她重复道。她踮着脚尖转着圈,拍着姐姐的肩膀。

罗丝伸出手。"你要留下来做完你的裙子吗?"她说,"你不和我们一起走吗?"她其实只想要玛吉去。

"不,我不去。"玛吉握了握她的手,说。"我不喜欢那个。"她对罗丝微笑着,又说。她的微笑中有种坦率,令人沮丧。

她指的是我吗?罗丝走下楼梯时想。她是说她不喜欢我吗?而我那么喜欢她?

在通往霍尔本那边的老广场的那条巷子里,有一个老头，衰老不堪，红着鼻头，就像在街角风吹雨打了许多年，他正在卖紫罗兰。他的摊子就搭在一排路灯旁边。每一束花都绑得紧紧的，围了一圈绿叶装饰，在托盘里摆成一排。花朵都有些枯萎了，因为他实在没卖出去多少。

"漂亮新鲜的紫罗兰。"有人经过时，他就机械地重复着。大多数人看都没看就走过去了。但他还是机械地继续重复他的叫卖。"漂亮新鲜的紫罗兰。"好像他根本不指望有人会买。这时两位小姐过来了，他伸出紫罗兰，又说着"漂亮新鲜的紫罗兰"。其中一位小姐往托盘里扔下两个铜钱，他抬起了头。另一位小姐停了下来，把手放在灯杆上，说："我们就此告别。"听到这话，矮胖的那个拍了拍她的肩膀，说："别犯浑！"高个子小姐突然咯咯笑个不停，从托盘里拿了一束紫罗兰，就好像她付了钱似的，然后两人走了。那是个老主顾了，他想，她没付钱就拿走了紫罗兰。他看着她们围着广场走着，然后他继续开始咕哝起来："漂亮新鲜的紫罗兰。"

"你们遇上的地方就是这儿？"她们在广场上走着，萨拉问道。

这里很安静。车流的噪声已经停息了。树上的叶子还未勃发,鸽子在树顶蹿动着,咕咕叫着。鸟儿在枝叶间闹腾,小树枝坠落到人行道上。和风拂面,她们围着广场走着。

"就是那边那栋房子。"罗丝说,指着那边。走到一座门楣雕花、门柱上写了很多名字的房子前,她停下了。底楼的窗户都开着,窗帘飘进飘出,透过窗帘能看到一排脑袋,好像有人在桌旁围坐一圈在说话。

罗丝在门口停下了。

"你进来吗?"她说,"还是你不想进来?"

萨拉犹豫了。她朝里面偷偷看了看。然后她朝罗丝挥舞着那束紫罗兰,大声喊起来。"好吧!"她喊道,"冲啊!"

米丽娅姆·帕里什在读一封信。埃莉诺正在把吸墨纸上的笔画涂得更黑。这些我都听过了,这些我都干过了,许多许多次了,她在想着。她环视了一圈桌子。人们的脸似乎也都在不断重复。那个是贾德一类的,这个是拉曾比一类的,那个是米丽娅姆一类的,她想着,在吸墨纸上画着。我知道他要说些什么,我也知道她要说些什么,她想着,在吸墨纸上戳出了一个小洞。这时罗丝进来了。和她在一起的那个人是谁？埃莉诺心想。她认不出来。罗丝朝那人挥挥手，让她在角落坐下，会议继续进行。我们为什么必须做这个？埃莉诺想着，从中间的小洞上画出一根辐条。她抬起头。有人在拿着手杖咔嗒咔嗒敲着栏杆走着，吹着口哨；外面花园里一棵树的枝条在上下摇摆。树叶正在舒展开来……米丽娅姆放下了信纸；斯派塞先生站了起来。

也许没别的办法，她想，又拿起了铅笔。斯派塞先生讲话时，她记着笔记。她发现当自己想着别的东西时，用铅笔可以记得相当准确。她似乎可以将自己分成两个人。一个人听着他说的话——他说得头头是道，她想；而另一个人——这是个晴朗的午后，而她本来想去邱园——穿过林间的草地，停在一棵满是鲜花的树前。这是木兰花吗？她心里问自己，不是该开过了吗？她记得，木兰花没有叶子，只有饱满的一团团白色花球……她在吸墨纸上画了一条线。

接着是皮克福德……她想，又抬起了头。皮克福德先生在讲话。她又画了几根辐条，又涂黑。然后她抬起了头，因为说话声变了。

"我对西敏斯特非常熟悉。"阿什福德小姐正在说。

"我也一样!"皮克福德先生说,"我在那里住了有四十年。"

埃莉诺有些诧异。她一直以为他住在伊灵。他住在西敏斯特,真的吗?他矮小精悍、衣冠楚楚,脸总是刮得干干净净;在她的想象中总是能看见他胳膊下夹着报纸跑着赶火车的样子。可他住在西敏斯特,是吗?真奇怪,她想。

他们继续争论着。鸽子的咕咕声变得清晰可闻。鸽子咕咕,快来吃谷,鸽子咕咕……它们在低声叫着。马丁在讲话了。他说得很好,她想……但他不该挖苦讽刺,会让人反感的。她又画了一笔。

她听到外面一辆汽车飞驰的声音,然后车停在了窗外。马丁停下了。短暂的静止。突然门开了,走进来一个穿晚礼服的高个子女人。所有人都抬起头来。

"拉斯瓦德夫人!"皮克福德先生说,他站起来时椅子刮着地被推到了后面。

"吉蒂!"埃莉诺轻呼道。她正想站起来,又坐下了。屋里一阵小骚乱。有人给她找来一把椅子。拉斯瓦德夫人在埃莉诺对面坐下了。

"对不起,"她道歉说,"我来晚了。而且穿着这荒唐可笑的衣服。"她摸了摸她的斗篷,说。她确实看上去很奇怪,大白天的穿着晚礼服。头发上还有什么在闪光。

"去看歌剧?"她在马丁旁边坐下时,马丁说。

"是的。"她简短地说。她把白手套放在桌上,公事公办的样子。她的斗篷敞开着,露出底下银色连衣裙闪烁的微光。她和其他人比起来确实显得怪异,不过考虑到她接下来还要去歌剧院,她能来就已经好极了,埃莉诺看着她,想着。会议继续进行。

她嫁人有多久了?埃莉诺在想。我们在牛津一起搞坏秋千是多久前的事了?她又在吸墨纸上画了一笔。现在黑点周围满是线条。

"……我们开诚布公地讨论了整个问题。"吉蒂正在说。埃莉诺听着。我喜欢这种说话的方式,她想。她晚餐时见到了爱德华爵士……那是上流夫人们说话的方式,埃莉诺想着……有权威,又显得自然。她继续听着。上流夫人的风度令皮克福德先生着迷,却令马丁恼怒,这她明白。

他总是对爱德华先生和他的坦率个性嗤之以鼻。斯派塞先生又开始了,吉蒂加入进来。现在还有罗丝。他们全都争吵不休。埃莉诺听着。她变得越来越烦躁。所有的话都一个意思:我对,你错,她想。这种争吵就是浪费时间。只要我们能找到更深的、更深层的东西,她想,铅笔戳着吸墨纸。突然她看到了唯一重要的一点。她的话就在嘴边了,她张开嘴准备说话。可正当她清干净嗓子,皮克福德先生收拾完面前的文件,站了起来。对不起,他说,他得去法庭了。他站起身离开了。

会议继续缓慢进行着。桌子正中的烟灰缸里扔满了烟头,空气中弥漫着烟味;接着斯派塞先生走了,伯德海姆小姐走了,阿什福德小姐把围巾紧紧裹在脖子上,关上公文包,大步走出了房间。米丽娅姆·帕里什取下夹鼻眼镜,别在胸前缝上的一个小钩扣上。所有人都走了,会议结束了。埃莉诺站起身来。她想和吉蒂说说话。可米丽娅姆拦住了她。

"周三说好来见你的。"她说。

"是的。"埃莉诺说。

"我刚想起,我答应了带我侄女去看牙医。"米丽娅姆说。

"那周六也行。"埃莉诺说。

米丽娅姆停了停,她想了想。

"周一行吗?"她说。

"我会记下来的。"埃莉诺说,再也压不住怒气,就算米丽娅姆再是个天使也好。米丽娅姆轻快地走开了,带着一丝歉疚的神情,好像一只被捉住在偷吃的小狗。

埃莉诺转过身来,其他人还在吵。

"你总有一天会承认我是对的。"马丁正在说。

"绝不会!绝不!"吉蒂说,拿手套拍着桌子。她样子非常美,同时因为穿着晚礼服又显得有些可笑。

"你怎么不说话,内尔?"她转向埃莉诺说。

"因为——"埃莉诺说,"我不知道。"她有些无力地加了一句。她突然觉得在吉蒂面前自己显得寒酸又邋遢,吉蒂站在那儿,穿着隆重的晚礼服,头发上还有什么东西在闪着光。

"好吧,"吉蒂转身说,"我得走了。有人要搭车吗?"

她指着窗口说。她的车在那儿。

"好豪华的车啊!"马丁看着车说,声音中带着嘲讽。

"是查理的车。"吉蒂有点尖刻地说。

"你呢,埃莉诺?"她转向埃莉诺说。

"谢谢,"埃莉诺说,"等我一下。"

她已经把她的东西搞得一团糟了。手套不知丢到哪儿了。她有没有带伞?她觉得自己突然变成了一个小女孩,又慌乱又邋遢。豪华汽车在等着,门开着,司机扶着门,手里拿了块小毯子。

"进去吧。"吉蒂说。接着她进了车,司机把小毯子放在她膝盖上。

"我们走,"吉蒂挥了挥手,说,"让他们策划阴谋去。"车开走了。

"真是一群顽固分子!"吉蒂转头对埃莉诺说。

"武力总是错误的——你不认为吗?——绝对错误!"她重复道,把小毯子盖好。她还沉浸在会议的影响之下。但她想和埃莉诺说说话。她们很少见面,而她非常喜欢埃莉诺。可她穿着那可笑的晚礼服坐在那儿,觉得有些害臊,而且她还无法把思绪从冲动的会议情绪中摆脱出来。

"真是一群顽固分子!"她重复道。接着她说,"告诉我……"

她有许多许多事想要问;可汽车马力十足,在车流中轻松穿行;她还没来得及说什么想说的话,埃莉诺就伸出了手,因为地铁站已经到了。

"他能在这儿停吗?"她问,准备起身。

"你必须得走了吗?"吉蒂问,她本来想和埃莉诺说说话的。"我得走了,我得走了,"埃莉诺说,"爸爸在等我。"在这位上流贵夫人和司机面前,她又觉得自己像个孩子了,司机正开着门等着。

"来看看我,让我们快点再见面,内尔。"吉蒂握着她的手,说。

汽车再次开动了。拉斯瓦德夫人坐在角落里。她希望能更常见到埃莉诺,她想,但她从来都没法让埃莉诺来家里吃饭。总是有"爸爸在等我"或别的什么借口,她想着,有些怨恨。自从离开牛津后,她们各自走上如此不同的道路,过着如此不同的生活……车慢了下来。现在它不得不在长长的车流里按部就班，一尺一尺地挪动着，一会儿停着一动不动，一会儿摇晃着走着，沿着通往歌剧院的狭窄街道，这里都被集市的小摊车阻塞了。穿着隆重晚礼服的男人女人们正沿着人行道走着。他们头发梳得高高的，披着晚装斗篷，扣眼和白色背心映着耀眼的落日余晖，他们在小贩的手推车之间躲闪，看起来非常不自在又难为情。女士们难受地被高跟鞋绊倒，不时地伸手护着头发。先生们紧紧跟在女士身边，像是在保护她们。真是荒唐可笑，吉蒂想；在这个时候穿着隆重的晚礼服出门真是荒唐可笑。她斜靠在角落里。考文特花园的搬运工、脏兮兮的穿着日常工装的小职员、模样粗俗的穿着围裙的妇人们，全都盯着她看。空气中弥漫着浓重的橙子和香蕉的气味。而车开始慢慢停下了。它缓缓开到拱门下面。她推动玻璃门，走了进去。

她立刻感到一阵松快。这里没有日光，空中散发着黄色和深红色的灯光，她不再感到自己荒唐可笑了，反而感到非常合适。正走上楼梯的先生女士们和她的穿着一样。橙子和香蕉的气味已经被另一种气味代替———一种隐隐约约的衣服和手套和鲜花混杂的气味，令她感觉十分愉快。脚下的地毯厚厚的。她沿着走廊一直走到上面有她的名片的专用包厢。她走了进去，整个歌剧院都展现在眼前。她没迟到。乐队还在给乐器调音，乐手们一边忙着鼓捣乐器，一边在椅子上转来转去地谈笑着。她站着，看着下面的观众席。剧院的观众席上一片骚乱。人们有的正穿过人群走到自己的座位上，有的坐下又站起，有的在脱下外套，向朋友打招呼致意。他们就像一块平地上正在安顿下来的一群鸟儿。包厢里白色的身影此起彼伏，白色的胳膊安放在包厢的隔板上，旁边闪耀着白色的衬衫前襟。整个剧院里色彩斑斓——红色、金色、奶油色，衣服和鲜花的气味，乐器的吱吱声和颤音，人群的嗡嗡声，相互呼应。她瞟了一眼包厢隔板上放着的节目表。演出的是《齐格弗里德》——她最喜欢的歌剧。在节目表边缘上精心装饰的一小块地方，注明了演员表。她凑近了去看，突然她心里冒起了一个念头，她朝皇室包厢那边看了一眼，是空的。正当她看着时，门开了，进来了两个男人，一个是她的堂兄爱德华，另一个是个年轻男子，是她丈夫的堂弟。

"他们没有推迟吗?"他同她握手,说,"我本来以为他们会推迟的。"他在外事部任职,漂亮的罗马式脑袋。

他们全都不自觉地向皇室包厢看去。节目表立在隔板边上,但没有放粉色康乃馨花束。包厢是空的。

"医生们都无能为力了。"年轻男子说,一副事关重大的样子。他们都觉得自己什么都知道,吉蒂想,对他那副通报秘密消息的神情置之一笑。

"要是他死了呢?"她看着皇室包厢,说,"你觉得他们会取消吗?"

年轻男子耸了耸肩。关于这一点显然他无法确定。剧院里人越来越多。女士们转身时,灯光在她们的胳膊上闪烁着;当她们转头时,一圈圈的光闪烁着,又停住,接着又朝反方向闪烁。

这时候指挥先生穿过乐队,走向高台上他的位置。观众爆发出热烈的掌声,他转身向观众鞠躬致意,又转回身去。所有灯光都暗了下来,序曲开始了。

吉蒂后靠在包厢墙壁上,她的脸被帘布的褶子遮在阴影里。她很高兴能躲在阴影里。乐队在演奏序曲时,她看着爱德华。在暗红色的光线里,她只能看到他的脸的轮廓;他的脸比以前要丰满些了,他看上去英俊、睿智,他倾听着序曲时看上去有些遥远。不可能的,她想,我太……她没有想下去。他没结过婚,她想;而她有。而且我有三个儿子。我去过澳大利亚,我去过印度……这音乐令她想起她自己,想起她自己的生活,而她很少这样想起。这音乐让她激动,给她自己,给她的过去镀上了一层美化的光。可为什么马丁要笑话我有汽车呢?她想。为什么要取笑我呢?她问。

　　这时幕拉起来了。她身子往前伸着,看着舞台。侏儒正在锤打一把剑。当、当、当,他的锤子敲得又急又猛。她倾听着。音乐已经变了。她看着那英俊少年,心想,他完全知道这音乐有什么含义。他已经整个身心都沉浸在音乐中了。她喜欢在他那无可挑剔的体面外表上浮现出的那种全神贯注的表情,令他看上去显得几乎像是坚定……这时齐格弗里德出现了。她身子凑向前去。他穿着豹皮,肥头大耳,大腿是棕色的,领着一头熊——出现了。她喜欢那个戴着亚麻色假发跳来跳去的年轻胖小伙子,他的声音浑厚华美。铁锤当、当、当,他敲着。她又后靠了回去。那让她想起了什么?一个小伙子走进房间,头发上有木屑……那是她非常年轻的时候。在牛津的时候?她和他们共进晚餐,坐在一把硬木椅子上,房间里非常亮堂,花园里传来铁锤敲击的声音。接着一个男孩走了进来,头发上沾着木屑。她还希望他能吻自己。或者是卡特农场的帮工,老卡特突然出现,还牵着一头戴着鼻环的公牛?

"我喜欢的就是那种生活,"她拿起看歌剧的眼镜,心想,"我就是那种人……"她完成了她的思绪。

她把眼镜举到眼前。舞台上的场景突然变得又明亮又很近,草地似乎是用厚厚的绿色羊毛做的,她能看到齐格弗里德胖胖的棕色胳膊闪烁着油彩。他的脸也油光光的。她放下眼镜,靠在角落里。

老露西·克拉多克——她看到露西坐在桌边,红鼻子,眼睛慈祥和善。"你这周又没有做功课,吉蒂!"她责备地说。我多爱她啊!吉蒂想。接着她回到了院长府邸,那儿是那棵树,树干正中架着根杆子;她母亲笔挺地坐着……真希望我没有和母亲争吵过那么多次,她想,心里被突然涌出的感觉占据，时光飞逝，物是人非。音乐声变了。

她又看向了舞台。流浪者已经上场了。他坐在河岸边，身穿灰色长袍；一边眼睛上戴着的眼罩不舒服地摇晃着。他走着，走着；走着，走着。她的注意力又游离了。她环视昏暗的红色歌剧院，她只能看见白色的胳膊肘支在包厢隔板边缘；各处能看到一小点灯光，那是有人在打着手电跟着看乐谱。爱德华精致的轮廓再次映入她的眼帘。他在专心地听着，心无旁骛。不可能的，她想，完全不可能的。

最后，流浪者离开了。现在是什么呢？她心想，凑向前去。齐格弗里德突然出现。他穿着豹皮，笑着、唱着，又出现了。音乐声让她激动起来。十分宏伟壮丽。齐格弗里德拿起断剑的碎片，在火上烘烤着锤炼起来，当、当、当。歌声、锤击声、跳跃的火光，全都同时进行。他的铁锤敲着，越来越快，越来越有节奏，越来越洋溢着胜利的铿锵，直到最后他把剑高举过头顶，猛地朝下挥舞———一声碎裂！铁砧裂成了碎片。他将剑在头上挥舞，叫喊着，高唱着；音乐声越推越高，进入高潮；接着幕落。

剧院正中的灯光亮起了。所有的颜色都回来了。整个歌剧院又恢复了生机,能看到男男女女的面庞和闪耀的钻石。观众们在鼓掌,挥舞着节目单。整个剧院里似乎都飘扬着白色的纸片。幕被拉开,穿及膝短裤的高个子跟班拉着幕帘。吉蒂站起来鼓着掌。幕又关上了,接着又打开。拉幕的跟班简直要被沉甸甸的幕帘拖到地板上。他们不得不一次次拉开幕布,最后他们放下幕布,演员们都消失了,乐队也开始离座,观众们仍然站着,鼓着掌,挥舞着节目单。

吉蒂转向包厢里的年轻男子。他正探出身子在包厢外,还在鼓掌。他正喊着:"太棒了!太棒了!"他已经忘记了她,忘记了自己。

"真是太绝妙了!"他最后转过身来,说。

他脸上出现了一种怪异的表情,仿佛同时身处于两个世界当中,而又不得不把两个世界联系在一起。

"太妙了!"她说。她看着他,心里涌起嫉妒的痛苦。

"现在,"她收拾起东西,说,"我们去吃晚饭。"

在海亚姆斯广场她们已经吃完了晚餐。桌子收拾干净了,只剩了些面包屑,那盆罐子里的鲜花立在桌子正中,像个哨兵。房间里唯一的声音就是针尖来回穿过丝绸缝纫的声音,因为玛吉在做衣服。萨拉缩着身子坐在钢琴凳上,但没有弹琴。

"唱点什么吧。"玛吉突然说。萨拉转身弹了起来。

"挥舞吧,挥舞我手中的剑……"她唱着。是某支华而不实的18世纪进行曲的歌词,但她的声音纤细尖利。她的声音破了,她停了下来。

她沉默地坐着,手放在琴键上。"没声音了还唱什么呢?"她咕哝道。玛吉继续转着缝纫机。

"你今天干了些什么?"她突然抬起头,问道。

"和罗丝出去了。"萨拉说。

"你和罗丝干了些什么?"玛吉说。她说得心不在焉的。萨拉转头看了她一眼,然后又开始弹琴。"站在桥上,看着水面。"她喃喃道。

"站在桥上,看着水面。"她哼唱着,和着音乐,"水流漫漫,水流缓缓。愿我的骨头变为珊瑚;鱼儿点亮它们的灯笼;鱼儿点亮绿色的灯笼,在我的眼中。"她半转过身子,看着玛吉。可玛吉没有在听。萨拉没说话,她又看了看琴谱。但她看到的不是琴谱,她看到了一座花园,鲜花,还有她姐姐,一个大鼻子的小伙子俯身摘下一朵在黑暗中闪着微光的花。他在月光下举着这朵花……玛吉打断了她的思绪。

"你和罗丝出去了,"她说,"去哪儿了?"

萨拉离开钢琴,走到壁炉前。

"我们上了公共汽车,去了霍尔本。"她说,"我们走过一条街,"她继续说,"突然,"她猛地伸出手,"我感到有人拍了拍我的肩膀。'该死的骗子!'罗丝说。她把我拉走了,把我推到了酒吧的墙边!"

玛吉无言地继续缝着。

"你们上了公共汽车,去了霍尔本。"过了一会儿,她机械地重复道,"然后呢?"

"然后我们进了一个房间,"萨拉继续说,"那儿有人——许多许多人。我心里想……"她停了停。

"开会?"玛吉喃喃道,"在哪儿?"

"在房间里。"萨拉回答,"昏暗的绿色灯光。一个女人在后院的一条绳子上晾衣服;还有人拿手杖敲着栏杆走过。"

"我明白了。"玛吉说。她继续很快地缝着。

"我心里想,"萨拉继续说,"这些脑袋是谁……"她停下来。

"开会,"玛吉打断了她,"为什么?开什么会?"

"有鸽子在咕咕叫着,"萨拉继续说,"鸽子咕咕,快来吃谷;鸽子咕咕……然后一片翅膀的阴影下,身着华服、星光闪耀的吉蒂进来了,坐在了椅子上。"

她停下了。玛吉没作声,她继续缝了一会儿。

"谁进来了?"她最后问道。

"某个美人儿,身着华服,头发上还闪着绿光。"萨拉说,"于是——"说到这儿,她换了声调,模仿起中产阶层的男人迎接时尚女士时该用的腔调来,"皮克福德先生跳了起来,说:'噢,拉斯瓦德夫人,请坐这把椅子。'"

她把一把椅子推到面前。

"接着,"她挥舞着双手,继续讲着,"拉斯瓦德夫人坐了下来,把手套放到桌上——"她拍了拍靠垫,"就像这样。"

玛吉从她的缝纫活儿上抬起头来。她已经有了一个大概的印象,一间满是人的房间,手杖在栏杆上咔嗒咔嗒敲着,晾晒的衣服,某个人进了屋,头发上别着甲虫翅膀。

"然后发生了什么事?"她问。

"然后憔悴的罗丝,带尖刺的罗丝,黄皮肤的罗丝,满身刺的罗丝①,"萨拉爆发出一阵大笑,"流了几滴眼泪。"

"不对,不对。"玛吉说。这故事中间有哪里不对,不可能。她抬起头。一辆汽车开过,灯光在天花板上晃了过去。天色已经昏暗,看不清了。对面酒吧里的灯光映到房间里,泛着黄光;灯光变换,令天花板如水面一般震颤。外面的街上传来一阵吵嚷,混乱的脚步声、踩踏声,仿佛是警察正强行把什么人从街上拉走。他身后是讥笑和叫喊的声音。

"又打架了?"玛吉把针插进布料里,咕哝道。

萨拉站起来,走到窗前。酒吧外面聚集了一群人。一个男人正被扔了出来。他跌跌撞撞地走了过来,扶着一根

---

① 同前,这里的罗丝为双关语,兼有"玫瑰"之意。

灯柱,又撞在灯柱上摔倒了。酒吧门口的灯光照亮了整个场景。萨拉在窗口站了一会儿,看着他们。然后她回转身,在混杂的光线中,她面如死灰,疲惫不堪,仿佛不再是一个少女,而是一个被生儿育女、纵情放荡、作奸犯科的一生掏空了的老妇人。她弯腰驼背地站在那儿,两只手绞在一起。

"在不久的将来,"她看着姐姐说,"人们从外面看着这个从脏泥和粪土中挖出来的房间——这个洞穴,这个窠窟,他们会用手捂着鼻子——"她抬起手捂住鼻子,"——说:'唷!太臭了!'"她跌坐进椅子里。

玛吉看着她。她蜷成一团,头发散落在脸上,两只手绞在一起,看起来就像一只巨大的猿猴,蜷缩在泥和粪做成的小洞窟里。"唷!"玛吉重复道,"太臭了……"她泛起一阵恶心,拿起针往布料里戳着。没错,她想,她们就是肮脏的小动物,被无法控制的贪欲左右。夜晚,充满了怒吼和咒骂,激烈和动荡,也有美好和欣喜。她站起身,手里拿着裙子。折着的丝绸料展开垂到了地板上,她用手来回抚摸着。

"做完了,完成了。"她说,把裙子平铺到桌上。她的手工也就做到这个地步了。她叠好了裙子,收了起来。一直在睡觉的那只猫,这时缓缓地站了起来,弓起背,伸长了身子。

"你想吃晚饭了,是吗?"玛吉说。她进了厨房,拿来了一盘牛奶。"来,可怜的猫咪。"她说,把盘子放到地板上。她站着,看猫咪一口一口舔完牛奶,然后它又极其优雅地伸长了身子。

萨拉站在稍远一点的地方,看着她,然后学着她。

"来,可怜的猫咪;来,可怜的猫咪。"她重复道,"你在摇着摇篮,玛吉。"她又说。

玛吉抬起胳膊,似乎要挡住不可避免的命运,然后又垂下了。萨拉看着她笑着,接着眼泪溢出了眼眶,落下,慢慢流下脸颊。她正抬手抹眼泪,突然响起了捶击声,隔壁房子有人在大力敲门。捶击声停了。然后又开始响起——当、当、当。

她们听着。

"厄普彻喝醉了回家,想让人给他开门。"玛吉说。

敲门声停了,然后又开始响起。

萨拉胡乱地使劲擦干了眼泪。

"把你的孩子们带到荒岛上,在那里满月时船儿才来!"她轻呼道。

"或者从不来?"玛吉说。突然一扇窗户被推开了。只听到一个女人的声音对着那男人尖声辱骂着。他从门口粗声粗气地醉骂了回去。然后门砰的一响。

她们听着。

"这时候他要跌跌撞撞地扶着墙,恶心乱吐了。"玛吉说。她们能听见隔壁房子的楼梯上沉重蹒跚的脚步声。接着突然安静了。

玛吉穿过房间去关窗。对面工厂的大窗户全都亮着灯,看起来就像一个玻璃宫殿,上面镶着横着的细细的黑线条。对面房子的下面半截被一道黄光照亮,石板屋顶泛着蓝光,因为天空如厚厚的华盖般垂下黄色的余晖。人行道上响着脚步声,还有人在街上走着。远处有个声音嘶哑地叫喊着。玛吉探出了身子。夜晚吹着和暖的风。

"他在喊什么?"她说。

声音越来越近。

"死了……?"她说。

"死了……?"萨拉说。她们俩都探出了身子。但听不清别的。接着一个正推着手推车沿街走过的男人朝她们喊道:

"国王死了!"